目　录
contents

第一章

走出去战略

中国企业走出去的排头兵

"一带一路"的早期探路者

中巴经济走廊的开拓者

人类命运共同体的践行者

采坑之夜

▲ 中冶集团铜锌有限公司董事长王继承（右一）与巴基斯坦红新月会联席运营总监阿比·杜拉汗合影

▼ 山达克全景图

2022年3月10日，载入中国史册的是，全国政协十三届五次会议闭幕。

这一天，载入中国冶金科工集团有限公司史册的是，中巴双方在巴基斯坦能源部签订了巴基斯坦山达克铜金矿项目第四租赁期合同，从2022年起到2037年止，续租期限为十五年。

这一天，中冶集团铜锌有限公司董事长王继承，破例在单位食堂举行了一场庆祝晚宴。在场的山达克铜金矿元老邹建辉、蔡玉霖、晏国福、王道、魏盛远等人，掩饰不住内心的兴奋和激动。他们对中冶集团资源开发公司董事长何绪平说："我们这些中国企业走出去的排头兵，前仆后继勇闯山达克整整二十年了。今后，这面金色旗帜就交到你手上了！"

何绪平眼含泪花说："各位老大哥把人生最美的时光留在了山达克。我保证山达克金色大旗不倒，中巴友谊之树常青！"

王继承见大家都很激动，连忙站起来说："作为中国企业走出去的排头兵，中冶资源开发公司是'一带一路'的早期探路者、中巴经济走廊的开拓者、人类命运共同体的践行者。把睦邻友好的国际友谊和兄弟般的温暖，在巴基斯坦一代又一代传递下去。"

何绪平感慨地说："是啊，张骞通西域开启了中国的丝绸之路先河，玄奘法师西行天竺用佛法慰藉了人类心灵。我们中冶人在山达克坚守了二十年，凭借永不言弃的'扎根'精神，为两国创造了巨大的物质财富和精神财富。我们将承前启后继往开来，以新的成绩向祖国报告，延续兄弟般的中巴友谊，同时告慰那些为山达克付出青春和生命的开拓者。"

阿拉伯海空难

时光回到二十年前。

2003年2月24日上午，巴基斯坦俾路支省西北边陲的山达克矿区，离矿区三十公里的简易机场上，正在仰望晴空的财务部部长蔡玉霖和晏国福两人没想到，一场突如其来的空难给山达克项目带来沉重的打击。

上午，从山达克到简易机场的道路上，洒水车往返不断地喷洒水雾，在阳光下幻化成一圈似有若无的彩虹。

从矿区到机场的道路上洒水，是中冶集团资源开发有限公司首席执行官孙长胜千叮咛万嘱咐过的。我们要净土迎客，因为今天迎接的是来自阿富汗的矿业部部长，是我们公司重要的客人，是我们开辟新矿业领域的关键人物。

蔡玉霖下车后，抬起左臂看看手表指针已经指向近十点钟。他右手拿着一块抹布，直接冲着停机坪上的一辆黑色轿车走去，嘴里还不停嘟囔着："这么个灰尘漫天的戈壁滩还敢开黑色的车，唉，也不知道孙总咋想的。"

越野车驾驶室里探出一个跟蔡玉霖年龄相仿的清瘦脸："老蔡，你嘟囔什么呢？这辆破车你今天一大早都擦两遍了，你要把长胜的座驾擦秃噜皮啊？"

蔡玉霖拍了一下驾驶室车门说："老晏，咱们把车擦得干干净净的，迎接人家阿富汗的矿业部部长，孙总不是更有面子吗？业务上不也好谈一些吗？上次咱们中冶集团领导来，裤子上、皮鞋上都是土，多难为情啊。"

被蔡玉霖称为老晏的晏国福，是中冶资源开发公司办公室主任。实际上，当时晏国福只有三十九岁，比蔡玉霖还小一岁呢。

晏国福钻出车门，朝着蔡玉霖比画了一下左手腕："山达克就这艰苦条件，咱们有什么办法啊？老蔡，你看这都快十点了，长胜的飞机怎么还没影儿呢？长胜这一段时间也是太忙了！记得他的生日也在这几天的。"

蔡玉霖擦了一把汗说:"是啊。孙总正好比我大俩月,前天也就是2月22号那天是他生日,就在奎达,一大早我跟他打招呼了,我说孙总今天是你生日,祝你生日快乐。他抱怨说,哪还顾得上过生日啊。我俩早上分手后,我来山达克,他去了卡拉奇。他还跟我说,生日那天要去卡拉奇见阿富汗能源部部长,有没有空过生日还不一定呢。"

晏国福也疑惑地看着蔡玉霖:"那时间就对上了,可长胜办事从来都挺靠谱的,今天这是怎么回事儿?按说从卡拉奇七点半起飞,九点多飞机就应到了,这都十点多了,怎么连个影儿都没有。"

蔡玉霖试探着问:"是啊,天气这么好,到现在怎么也看不见飞机啊?要不给卡拉奇那边再打个电话问问?孙总他们到底出发没有啊?"

当时山达克没有手机信号,只能用固定电话联系。孙长胜起飞前给他们打了电话,他们才赶到机场接机的,应该不会有什么差错啊。

晏国福转身往洒水车跑去,边跑边说:"我回办公室打个电话问问,你在这儿守着啊。"

望着洒水车绝尘而去,蔡玉霖拿起抹布,又把那辆公司最好的黑色越野车擦了一遍。

但等到中午头了,蔡玉霖依然没有等到飞机的到来。

过了将近一个小时,晏国福换了一辆越野车,带着巴方办公室副经理阿泽穆罕和司机急匆匆赶了回来，脸色沉郁地对蔡玉霖说："我打了好几通电话，都没找到了解情况的人。最后找到卡拉奇领事馆，请他们去找巴基斯坦的航空部门，问问到底怎么了。"

两人在山达克的骄阳下静静望着天空，等待飞机的轰鸣声，等待着孙长胜的归来。

这是中国企业走出的历史性一步，也是战略性的一步。

经过中国矿业开发者在山达克的前期艰苦卓绝的启动工作，到2003年1月，山达克铜金矿按计划进入了为早日恢复投产的设备检修、系统维护调试状态。此时，颇具国际视野的孙长胜又把目光投向了巴基斯坦的邻国阿富汗。

阿富汗是个多灾多难的国家，多年战乱留给阿富汗的是数万人死亡和几乎崩溃的国家经济。1992年阿富汗着手进行战后重建，但苦于缺少资金。位于阿富汗喀布尔以南六十公里的卢格尔省，有个地方叫艾娜克，之前探明的储量证实这里是阿富汗最大的铜矿。

而在同一矿带上的山达克铜金矿，位于巴基斯坦、伊朗和阿富汗三国交界处。2002年年初，中冶公司与巴方签订租赁经营合同，取得自2002年10月开始的山达克铜金矿十年开采生产经营权。

山达克项目刚刚启动，孙长胜得知长期战乱后的阿富汗为筹集国家重建资金，希望通过国际合作方式开发艾娜克铜矿。为此，2003年年初孙长胜专程赶到阿富汗拜会矿业部门，争取与阿方合作开发艾娜克铜矿。在这次拜会中，孙长胜认识了阿富汗矿业部部长穆罕默迪。为了表达合作诚意，孙长胜主动邀请穆罕默迪部长到山达克现场考察，实地了解一下中国企业所具备的矿产资源开发的技术优势和团队水平。

孙长胜对穆罕默迪说："时局谁都看得清楚，列国争雄、倚强凌弱。只有奉行睦邻友好的中国人，与世界各国和平共处发展经济，贵国重建家园，我们愿意尽一份力量。"

孙长胜的诚恳打动了穆罕默迪部长。他对孙长胜说："我很想了解中国与巴基斯坦的合作情况，恰好下个月有个机会，我要到伊斯兰堡参加巴基斯坦、阿富汗、土库曼斯坦三国的天然气管道项目会议，等我开完会后就去山达克，好不好？"

听到这个答复，孙长胜兴奋不已。回到山达克后，他连忙安排办公室主任晏国福、财务部部长蔡玉霖等人快速整修了简易机场，做好迎接穆罕默迪部长的准备。

这个简易机场，是20世纪90年代中国建设者修建的。

2月21日，孙长胜在山达克与晏国福告别，驱车赶到俾路支省首府奎达。当日晚又与从国内刚刚赶到奎达的蔡玉霖见面，安排好各种事宜后，22日赶往巴基斯坦沿海城市卡拉奇。

卡拉奇是巴基斯坦的第一大城市，也是一座著名的沿海城市，曾是巴基斯坦建国时的首都，与著名的瓜达尔港遥遥呼应，共同扼守着阿拉伯海的出海口。

当时，巴航空公司没有卡拉奇直达山达克矿区的航班，如果开车需要走一千四百多公里。如果搭乘巴航飞机，必须先从卡拉奇飞到俾路支省的首府奎达，再从奎达开车到山达克，这一段七百多公里的山路行程最快也需要十个小时。因为这条土路位于著名的金新月地区，来回周转时间很长不说，一路上还要防止恐怖袭击，非常不安全。

最后，孙长胜决定雇用一家民间飞行机构的美制塞斯纳小型客机，从卡拉奇直飞山达克。为了保证这次飞行的安全，孙长胜特意要求航空公司安排了两名飞行员，并且要求飞行员必须具备丰富的飞行经验。

24日这天，卡拉奇天空晴朗，气象条件非常好，孙长胜他们七点半准时从卡拉奇起飞。

但晏国福和蔡玉霖在山达克临时机场等了一上午，依然没有等到孙长胜他们的飞机。

直到上午十一点多，卡拉奇中国总领事馆传来消息说：孙长胜一行八人乘坐的飞机从卡拉奇机场起飞十八分钟后，飞机信号在阿拉伯海上空从地面控制雷达荧光屏上消失。

这个消息如同天上掉了个炸雷，蔡玉霖和晏国福如同五雷轰顶："快走，现在就走！去找孙长胜。"

两人连忙跑向在机场等候接机的巴方办公室副经理阿泽穆罕身边，对阿泽穆罕说明情况后，阿泽穆罕连忙拉着两人跳上越野车，对巴方司机说："快，去卡拉奇！"

夜奔卡拉奇

处于荒漠戈壁深处的山达克矿区，只有一条土石路通往外界。在茫茫荒原上颠簸四个小时后便抵达山达克所在地区的首府，一座简陋而破败的小城——达尔坂丁，道路于此分岔，一条往东北通往俾路支省的首府奎达，一条往东南去往沿海城市卡拉奇。

晏国福刚到山达克不久，对路况并不熟悉，因此他必须拉上巴方副经理阿泽穆罕和巴方司机一起。比他俩年长一轮的阿泽穆罕一听，连忙拉上他们直奔卡拉奇而去，全然忘却了这一路上的风险。

下午四点，蔡玉霖、晏国福带着公司巴方副总经理阿泽穆罕和巴方司机连夜赶路一千四百公里前往卡拉奇。熟悉国际形势的人都知道，山达克所在的金新月地区，位于阿富汗、巴基斯坦和伊朗三国的交界地带，因形状好像一弯新月，故名金新月。这个地带曾是世界上最大的鸦片产地，存在着各种各样的武装组织，时常发生恐怖袭击。

越野车上路之后，晏国福心里不踏实，再次问蔡玉霖："你跟孙总见面的时候没有发现异样吗？"

蔡玉霖着急地说："我2月21号在奎达跟孙总见面，和他一个屋睡了一晚上，第二天也就是 22 号我来的山达克。那天我从国内到奎达，坐了一天飞机也累了，就早睡了。当天晚上他一直在工作，他把山达克现场的施工设备材料都整理出来，还给卡拉奇海关准备了设备清单。第二天一早他喊我起床吃完早饭就去了卡拉奇，没什么不同啊。"蔡玉霖一口气接着说："2 月 22 号那天是孙总四十周岁生日，我是 4 月 22 号的生日，顺带记着他的生日。他叮嘱我到山达克把车擦干净，还说要在路上和机场都洒水。"

晏国福努力掩饰着自己内心的不安与担忧："我就是想跟你对一下时间，看看能不能对得上。长胜去奎达之前的 20 号晚上是我给他送的行，他还叮嘱我在现场遇到问题怎么解决，怎么安排接机，同时还叮嘱怎么组织设备修复，以及现场的进度、质量问题，唠唠叨叨说了半晚上，第二天也就是 21 号他一早赶去了奎达。"

蔡玉霖说："咱们两人这么一对，时间上没有什么问题，精神状态也没问题。他在山达克最后一个跟你告别，在奎达跟我分手，都没有什么异常之处，会不会是卡拉奇那边报错了消息？"

坐在前排的巴方副总经理阿泽穆罕，听两位年轻的中国同行心急如焚，劝两位说："你们别想太多了，今天晚上要赶一晚上夜路，你俩先睡一会儿吧，我陪着司机，明天上午才能到卡拉奇呢。"

两人答应着，但谁能真正踏实地睡觉呢？

两人心情沉重、一路沉默。他们都不相信他们最信赖的朋友、兄长、领导就以这种方式离开他们，都在默默祈祷，希望这一切都不是真的，一切都是误传。或是长胜他们的专机因为特殊原因迫降在其他机场……

在孙长胜、蔡玉霖、晏国福三人中，晏国福年龄最小，但他既是孙长胜在西安冶金建筑学院（现名西安建筑科技大学）的学长，还是与蔡玉霖一起在美国关岛共事过多年的战友，彼此之间交情很深。

这个关岛就是后来我们经常从天气预报和军事报道中听到的太平洋上的那个关岛。晏国福和蔡玉霖到关岛的主要工作，是负责中冶公司承包的当地建筑工程，两人一个在工地上跑腿，一个坐在家里做财务。

晏国福在关岛干了五年零九个月，一直到1993年5月才回到国内。而蔡玉霖只在关岛工作了二十六个月就回国了。1990年10月蔡玉霖进入山达克铜金矿，因此算是山达克建设初期的元老。

为了讲述方便，蔡玉霖的早期故事暂且按下不表。

1996年4月，晏国福又被公司派去菲律宾做公司贸易和建筑开发工作，这次在菲律宾一待又是六年多。

二十世纪八九十年代，中冶集团是中国劳务合作走向国际的窗口公司。在国家还没倡导"走出去"战略之前，中冶公司已经是中国企业走出去的排头兵，晏国福、蔡玉霖他们都是第一批突击队员。

在国外工作了十几年的晏国福2002年8月从菲律宾回国，回安贞桥的办公楼上班的时候，一进门就看到一则招聘广告竖在中冶公司三楼的楼梯口，联系人是孙长胜。

晏国福记下了孙长胜办公室的电话，回到自己办公室就拨打了内部电话说："孙总啊，你要招人，你看我可以吗？"

孙长胜对晏国福的声音太熟悉了："你别逗我啊？你什么时候从菲律宾回来的？"

晏国福说："我刚回来就看到你的招聘广告了，山达克铜金矿建设期没参加，有点遗憾。现在租赁经营，是全新业态，不想再错过。我去找你吧。"

晏国福撂下电话就来到了孙长胜办公室。刚坐下，孙长胜就直接说："你真想去巴基斯坦？要是你来帮我，我当然欢迎，但现在山达克那边重建工作刚起步，前面已经去了几批人，蔡玉霖也去了。不过，工作安排上有什么要求啊？"

晏国福笑呵呵地说："哎呀，这几年没跟蔡玉霖一起工作，只知道他从关岛回来就去了巴基斯坦，没想到咱们兄弟又走到一起了。我就跟你去山达克，工作随你安排，不挑三拣四，兄弟们一起干活，图个爽快踏实。"

孙长胜一锤定音："那就准备一下，马上跟我一起去。"

2002年11月28日，晏国福与孙长胜一起飞到了巴基斯坦，从此开启了他们刻骨铭心又生离死别的山达克岁月。

晏国福之所以愿意跟孙长胜去山达克，除了孙长胜是他在西安冶金建筑学院的学弟外，他还是孙长胜职业生涯的第一个伯乐。

孙长胜虽然比晏国福低一级，但年龄比晏国福大一岁，在学校里，晏国福是82级的团总支书记，孙长胜虽然是83级的学弟，却是建筑工程系的学生会主席。两人读书的时候，孙长胜的组织能力和号召能力，给晏国福留下深刻印象。

在孙长胜毕业那年，刚到中冶公司工作不满一年的晏国福，专门找到负责去西安招人的齐冬平说："你到西安，我推荐一个人，想办法把孙长胜招来。我熟悉了解他，东北大汉，敢想敢干，有魄力，有能力，绝对是个中冶需要的拔尖人才。"

普通话中带有浓重东北口音的齐冬平，从小也在东北长大。齐冬平除了做行政工作，还是冶金系统的著名诗人，他的回答干脆利索："为中冶选调人才，职责所在！"

一个月后，孙长胜来到中冶公司报到，但晏国福却去了关岛工作。后来，晏国福从关岛回来，孙长胜却被公派到英国留学。就这样，两位师兄弟兜兜转转十几年在一个单位，却一直各奔东西忙事业，直到2002年冬天将近四十岁的时候，两人才又走到一起。

或许还有许多像他们一样不被人知的年轻人，他们在中国"走出去"发展战略中无声地贡献着自己的青春力量，他们的青春在海外某个城市中、某个戈壁滩中默默为国家发展绽放，他们用信念、友情为纽带，在海外资源开发的开疆拓土中，数十年如一日坚持着、拼搏着，扎根山达克，用自己平凡的人生书写了一段不平凡的历程。

而跟晏国福一起急匆匆夜奔卡拉奇的蔡玉霖，从关岛回来就参与了山达克的初期建设。他早就参与了山达克重启的工作，相比晏国福而言，已经是山达克的元老级人物。

晏国福他们一行四人从24日下午四点来钟离开山达克，连夜开车朝着卡拉奇奔去。谁也没想到，这辆越野车在离开山达克不久的时候，在路上爆胎了。

这样的事情难不住兄弟俩，他们连忙在附近的巴基斯坦边防军的兵站停下，换好备胎，一刻也不耽搁，继续前行。

为了保护山达克铜金矿，巴基斯坦派出边防军负责守卫矿区和保护沿途的安全，并在山达克外出的沿途设置了多个兵站。

25日九点多，当他们赶到卡拉奇办事处时，被大家亲切地称为袁大姐的卡办主任袁俊珍早就急急等在大门口，脸色尽显疲惫，一见面就焦虑地告诉他们："没有孙总的准确信息，但飞机失事是肯定的，只听说打捞起来几个人，没有孙长胜。"

两人听到这个消息顿时瘫坐在那儿，眼泪止不住又涌了出来。但也来不及更多细想，当即就与袁大姐一起抓紧与驻卡拉奇总领馆和卡拉奇警察局联系，安排当面交流，确认进一步情况。

当晚，两人得到卡拉奇中国领事馆发来的官方消息：一架小型客机在卡拉奇附近海面坠毁，机上八名乘客中除阿富汗矿业部部长祖马·穆罕默德·穆罕默迪外，还有中国冶金建设集团公司项目经理孙长胜。目前，巴救援人员已经打捞起五具尸体，孙长胜的遗体不在其中。巴方救援人员称，孙长胜已经基本没有生还希望。

当晚，孙长胜乘坐的飞机失事的消息在凤凰卫视滚动播放，熟悉孙长胜的人，都被这一消息惊呆了。

晚上，晏国福接到国内电话，是齐冬平打来的："老晏，孙长胜的消息到底真相如何？国内这边传得沸沸扬扬，很多媒体都追上门来。公司这边需要一个准确消息。"

此时的齐冬平已经担任中国冶金建设集团公司行政事务部部长，对外发布重大消息是他的职责所在。晏国福听完之后，只得把现场的情况一五一十地告诉了齐冬平。

直到2月27日晚上，齐冬平经过中冶集团领导同意，才对相关媒体发布消息：据我卡拉奇办事处提供的报告，我集团资源开发有限公司CEO孙长胜先生在巴基斯坦"2·24"事件的飞机上。目前搜寻工作仍在继续。

找不到孙长胜，晏国福和蔡玉霖只能白天站在阿拉伯海的海边，朝着海面的方向四处眺望。晚上回到宿舍，两人夜夜瞪着眼盯着电话，眼泪不知道怎么着就涌了出来。

有时候两人都瞌睡得直晃脑袋，可昏昏沉沉中突然不知道谁"啊"的一声惊叫，或者一次次被噩梦惊醒。

男人之间的兄弟情谊，有时候并不亚于男女之爱、血肉之情，尤其是在外一起同甘苦共患难的兄弟和战友。

飞机失事的消息引起了中国、巴基斯坦和阿富汗三国的共同关注。中国驻巴基斯坦大使馆和驻卡拉奇总领事馆也密切关注着搜寻情况。飞机失事后，巴方马上动用包括空军、海军在内的武装力量展开搜救。直到3月2日，搜寻人员在卡拉奇以西四十五公里处的一处海滩，发现了一具在坠毁事故中遇难的阿富汗官员的尸体。自2月24日这架双引擎塞斯纳402型飞机坠毁之后，经过一周的搜寻，共找到六名死者的遗体，但同机的孙长胜和穆罕默迪部长仍无踪影。

搜救人员在沿海，只寻找到孙长胜的一只鞋子。

所有人都渴望着一个奇迹：某一天，孙长胜突然归来！

可是，至今二十年过去了，依然没有孙长胜的消息。

二十年后的今天，在山达克铜金矿厂区大门口左边矗立的纪念碑上，上面雕刻的第一个名字便是孙长胜。纪念碑后面隆起的山丘上，巴方员工用砖头垒起一行字样，上面写着"Token of Love from China"，这"来自中国的爱"，是一种无声的铭记和怀念。在每年清明时节，中巴方员工都会安静地来到纪念碑前，默默地擦拭纪念碑，深深地鞠躬离去。在纪念碑的后方，还有十余个为山达克建设奉献出生命的名字，他们中有中国人，也有巴方兄弟。

正是他们，以生命的热血灌溉着这片荒漠戈壁，让这片贫瘠而荒凉的土地，变成郁郁葱葱的生命绿洲。

用生命和鲜血灌溉过的土地，能不肥沃吗？

用真诚和奉献凝结的兄弟情谊，能不肝胆相照吗？

国家伤疤

因为晏国福他们夜奔卡拉奇，从山达克到卡拉奇一路上的景象，我们不能凭空讲述。实际上，他们在当晚长达一千四百多公里的路途中，路过的大多数地带寸草不生，没有人烟、没有河流，越野车前后左右除了荒漠，就是不时传来的野狼的嗥叫和不知名动物的悲鸣。在这样的夜晚，穿越空旷无际的荒漠戈壁，就像孤独行走在月球背面。

但晏国福他们心念孙长胜，内心的担忧胜过感受这恐怖的气氛。

现在需要介绍一下山达克铜金矿的来龙去脉。

山达克铜金矿位于巴基斯坦俾路支省，巴基斯坦、伊朗、阿富汗三国交界地区，该省面积三十四万平方公里，是巴基斯坦面积最大的省。当地人口以俾路支人为主，语言为乌尔都语及俾路支语，主要信奉逊尼派伊斯兰教，以放牧和农业为主。

俾路支省面积接近巴基斯坦国土总面积的一半，人口却只有七百多万，仅占全国总人口的5%左右，是巴国人口最少的省份。这里自然环境恶劣，也是巴国经济最落后的地区，经济总量仅占全国的3.5%。

但俾路支省同时具有重要的地缘战略意义。这里拥有巴基斯坦最长的海岸线，尤其是著名的瓜达尔港，是中东亚地区进出阿拉伯海的主要通道。

俾路支省虽然大多是荒漠戈壁，但这里的天然气和铜锌等矿产资源丰富。尽管在世界矿山巨头面前，山达克只能算作一个小微企业，但对于巴基斯坦和贫困的俾路支省来说，却是一个超级宝藏，也是巴基斯坦现代企业的开端。

巴基斯坦地质勘探院专家沙希德·努尔汗，1962年在巴基斯坦俾路支省查盖地区进行地质勘探过程中，最早发现山达克铜金矿，并立即引起巴基斯坦政府的高度重视。山达克因此承载起巴基斯坦有色金属工业从起步到发展的全部梦想。

从1965年开始，巴基斯坦在查盖地区开展矿产调查。1968年采用卫星成像和航空勘查的方式初步圈定了山达克地区，1973年经过前期地质勘探初步确定了山达克的矿体。

为了开发山达克，巴基斯坦政府曾经多次恳请联合国予以资助研究，在国家贫困的七八十年代，又花费数千万美元进行前期勘探和可行性研究。

在此之前，巴基斯坦的有色工业是一片空白，开发山达克需要借助外界力量。1974年巴基斯坦资源开发公司（简称RDC）应运而生，负责实施这一国家战略。他们首先将目光聚焦到拥有成熟科研和工业生产的西方国家身上。

从1974年开始，巴基斯坦资源开发公司在政府的大力支持下，先后邀请英国、美国、法国、芬兰、南斯拉夫、澳大利亚等西方国家的公司进行了矿山半工业试验、可行性研究等开拓性工作，取得了较大的进展。

根据初步勘探和研究，山达克共有三个矿体，分别为东矿体、北矿体和南矿体，但是认为只有南矿体具有开发价值。

1987年巴基斯坦政府向全世界发出邀请，希望引进国外技术设备共同开发山达克铜金矿。在多国参与的国际竞标过程中，中国冶金建设集团公司中标。

为了建设山达克，巴基斯坦恳请中国政府予以贷款援助。巴基斯坦也倾其所有，拿出1988年全年外汇资金的三分之一，投入山达克铜金矿项目当中。

这个数字有多少呢？大约三亿美元，按照当时的人民币汇率，山达克的总投资在二十五亿人民币左右。这对于经济欠发达而且没有现代工业的巴基斯坦来说，几乎是倾尽一国之力建设山达克。

中方的建设是具有援建性质的。从20世纪80年代起，中国的领导人都参加过山达克重大活动，巴基斯坦的国家领导人也都见证和关注过山达克铜金矿项目。从国家领导人参与的程度，就可以看出山达克在中巴两国政府的重要地位。因此，山达克工程自1989年诞生之日起，就不单单是一个经济活动，而具有丰富的内涵和深远的政治意义，成为中巴两国人民深厚友谊的桥梁和纽带。

1990年，中国和巴基斯坦签订了山达克援建合作合同，两国主要领导人都在现场见证了这次签约。山达克铜金矿项目于1990年10月以交钥匙总承包方式由中冶集团承建。

1990年11月，二十六岁的孙长胜、蔡玉霖和年龄略小的王道等第一批建设者首次来到山达克。他们在这块苦寒之地，以历史开拓者的勇气和披星戴月的艰辛，在戈壁荒漠建设起一座中国绿洲，奠定了巴基斯坦矿山的基业和丰碑。

简单地说，这是一个交钥匙工程，中国为巴基斯坦提供贷款和设备，帮助山达克建成投产后，工程验收通过，整体交给巴方。

中冶集团英文简称MCC，当时全称是中国冶金建设集团公司，后来更名为中国冶金科工集团有限公司，是中国冶金工业的开拓者和建设者，先后承担了宝钢、鞍钢、武钢、攀钢等国家主要钢铁工业基地的建设任务，为中国冶金工业的发展立下了卓越功勋。作为国际知名承包商，中冶集团在海外各地开辟了广阔市场，足迹遍及五大洲，承建了一批具有重要影响和良好经济效益的项目，受到了项目所在国的好评和欢迎。2015年中冶集团与中国五矿实施战略重组，整体并入五矿，成为五矿的全资子公司。2022年度全球承包商250强排名，中冶集团位列第六。中国五矿位列2022年度《财富》世界500强第五十八位。

中冶集团在山达克所做的工作十分复杂，需要修建采矿厂、选矿厂、冶炼厂三个厂区等，除此之外，还需要修建一座自备重油发电厂为山达克提供电力。至于各种配套设施的修建，各种机器的购买安装，那就数不胜数了。

为了建设山达克，中冶公司调集了全国各地冶金和建设系统的能工巧匠来到巴基斯坦，在山达克施工的中国人最多的时候高达一千五百人。当时，年轻的孙长胜参与了山达克的建设，担任建筑施工工程部的负责人。

中国人在基建方面吃苦耐劳的品质众所周知，因此后来在国际上得到一个"基建狂魔"的绰号。经过几年的奋战，中国人把荒凉的山达克变成一片热土。

来自甘肃金川的张建武，承担着南矿体的基建剥离和从电厂到采矿厂的电力系统建设，以及南矿体到各个单位的道路、桥涵等工程。由于人员编制相对精简，他们的工作方针是：满负荷、高效益、定员不定岗，专业上各负其责。

在修公路、立电柱、架电线、砌涵洞这些高强度的体力劳动中，张建武他们工作热情高，不分年龄，不分职务，心往一处想，劲往一处使，团结协作密切配合，经过两年多的艰苦奋战，提前圆满地完成各项工作任务。

在张建武他们热火朝天地奋战在山达克的同时，兄弟单位也和他们并肩奋战。第五冶金建设公司承担冶炼厂的建设，第二十二冶金建设公司负责选矿厂、电厂、水厂的建设，第三冶金建设公司承担生活设施和办公大楼的建设。

1993年12月28日这天，十五冶的年轻汽车维修技师边湘宁也跟着建设大军，从湖北黄石来到了山达克。尽管有思想准备，但山达克的艰苦依然让三十三岁的边湘宁瞠目结舌。

我们之所以特别强调12月28日，是因为这个日子与边湘宁有着不解之缘。1993年的这一天，边湘宁离开西塞山前白鹭飞的湖北黄石，来到山达克。

2017年12月28日，边湘宁的父亲突然去世，身在山达克坚守岗位的边湘宁无法回国奔丧，只能朝着家乡的方向含泪磕了三个响头。

而在2018年12月28日，近六十岁的边湘宁选择在这个离开家乡和父亲逝去的日子，离开了他坚守二十五年的山达克返回祖国。他将半生的美好时光留在了山达克，用忠诚和奉献为国尽忠。回国以后，他要用剩余的时光陪伴家乡的老母亲，尽一个儿子的孝心。

初到山达克的边湘宁很不适应，湖北黄石是湿热，而山达克是干热，上千人蜗居在原始的土坯房和临时搭建的活动板房，拥挤而烦闷。当时的山达克一年四季风沙肆虐，每天早晨房门都被堆积的沙土堵住，迈不出脚。由于活动板房密封性差，鼻孔和口腔都是沙土。

粮食和蔬菜只能从七百公里外的奎达运输过来，而且一个月只能送一次，尽管尽量采取了冷冻措施，但许多蔬菜到后期都会变味。最让人叫苦不迭的是饮用水，初期饮用工地附近的地下水（咸水），后来从国内进了一台简易滤盐的水处理机，大家高兴地喝到了淡水。由于处理量有限，仅限于饮用，但高矿性的盐碱水依旧让人腹泻不止，损伤最大的是肾结石和牙齿。一千多人的生活用水全靠四台水车送，遇见水车故障时，洗漱都成了问题。为保证员工生活的基本用水，边湘宁下班后经常开着工程洒水车到附近村庄运水。1994年春节，有心人写了一副对联，是对当时山达克工作及生活的真实写照："停电停水不停风　你干我干他不干　横批：不亦乐乎。"1995年11月，经过建设者们艰苦卓绝的工作，工程竣工。

1995年11月22日，也是边湘宁永远难以忘记的日子，当第一炉红彤彤的铜水从反射炉里缓缓倾泻而出，那朝霞一样的火红，映红了山达克天空，也映红了那个时代每个人的脸庞。

这是巴基斯坦建国后，第一次在自己的国土上熔炼出第一炉铜水，从此有了自己的冶金工业。

试车成功后，中国人把钥匙交给了巴基斯坦兄弟。

山达克工程竣工后，1996年春节过后，上级领导找到边湘宁，要他回国休假后返回山达克处置工程上临时进关设备，并嘱咐：处置临时进关设备是一项细致工作，不能有差错。边湘宁愉快地接受了此项工作。张建武等其他同志回国工作时，望着这片曾经洒过青春、汗水的热土，犹如自己的孩子一般亲切。想到再也不会有机会回到这片热土，张建武依依不舍，好在边湘宁休假过后还会重返。

乘坐大巴离开山达克的时候，一千多个日日夜夜的酸甜苦辣，更是涌上心头。在乘车去奎达的路上，张建武突然冒出了一个奇怪的念头，他扭头问坐在旁边的边湘宁："多年后的山达克会是什么样子？我们还会不会再回来看看？"

转眼之间七年过去了。2003年1月，张建武再次回到了山达克，当他在山达克见到满脸胡楂儿、双鬓斑白的边湘宁时，他几乎惊掉了下巴："老边大哥，你才四十多岁啊，怎么都有白头发了？你不会是牧羊的苏武转世吧？十年前你不是跟我一起回国了吗？怎么会在这里见到你呢？"

被晒得黝黑的边湘宁咧开雪白的牙齿笑着说："那次回国我只待了两个月，就急着回来办理临时进关设备运回国事宜。在1997年7月起运了第一批临时进关设备，2001年12月起运了第二批，总价值六百多万美元。这些设备注入中冶下属施工企业，为企业招投标资质、设备使用以及设备租赁作出重要贡献。因我做此项工作，所以一直工作在巴基斯坦，绝大多数时间工作在山达克，是中国人在山达克连续时间最长的一位。"

无论对于巴基斯坦视若珍宝的山达克铜金矿，还是对于边湘宁和张建武这样的小人物，几年的变化可谓世事难料。山达克铜金矿在移交给巴方几个月后，巴方因资金和技术等各种因素而停产。

边湘宁对运往国内临时进关施工设备进行定期保养，做好起运前准备工作，对留下的施工设备进行登记造册，将设备集中存放，防止偷盗事件发生，担负起保护现场设备的重担。

1998年年初，巴基斯坦资源开发有限公司（RDC）邀请中冶集团帮助重启山达克生产，四月份有十位中方技术人员做准备工作，但由于当时国际形势的变化，山达克重新启动搁浅。这次领导决定将二十二冶的老爷子王金华留下陪同边湘宁看管山达克现场设备。刚准备热火朝天地大干一场，最后只有寥寥两人。

两个中方的技术人员，守着这片沉寂土地上沉寂的设备。尽管山达克已经停产，但边湘宁和王金华两人互相打气鼓励说："花这么多钱建好了铜矿，这么一整套成熟的中国制造的矿山设备，不可能就这么扔在这荒漠戈壁，将来有一天，山达克一定会重新启动。"

就这样，边湘宁和王金华两人，坚持每天对工厂进行查看维护，精心守护着那些备品备件，为巴基斯坦守护着这颗"工业种子"。

可以说，如果没有边湘宁、王金华两位留守人员对设备的定期保养，价值数亿美元的机器就难以重新启动，企业将承受更多不可估量的损失。

在1996年到2002年的七年间，王金华和边湘宁两人将巴基斯坦的国家资产视为己出，像珍爱自己的孩子一样，在无人监督的情况下，完全以高度的自觉独自承担起维护机器的重任，没有亲人的陪伴，没有可口的饭菜，甚至连巴方人员也鲜有光顾。他们两个光棍汉互相鼓励着，在两千多个日日夜夜里苦苦守在山达克，守护着巴基斯坦的国家资产，就像在贝加尔湖边牧羊的苏武一样，忠诚友善，守卫着精神上的那片净土。

边湘宁和王金华没有想到，两人竟然在这个酷热难当的苦寒之地度过了七个春秋，一直盼到鬓角都泛起了白霜。

后来，边湘宁感念他们的山达克生活，学会了《苏武牧羊》这首歌曲，没事的时候，经常不由自主地轻轻哼出来。

苏武留胡节不辱。

雪地又冰天，穷愁十九年。

渴饮雪，饥吞毡，牧羊北海边。

心存汉社稷，旄落犹未还。

历尽难中难，心如铁石坚。

夜坐塞上时听笳声，入耳痛心酸。

转眼北风吹，雁群汉关飞。

白发娘，望儿归，红妆守空帏。

三更同入梦，两地谁梦谁？

任海枯石烂，大节不稍亏。

终教匈奴心惊胆碎，拱服汉德威。

当边湘宁在张建武面前轻轻哼出这首陌生的歌曲时，张建武和在场所有人都禁不住潸然泪下。

2002年3月，山达克重启之后，边湘宁被任命为车辆管理中心负责人，全面协调负责全厂的两百多辆小车和矿车保障任务。他和张建武一样，把自己的大半生献给了山达克。

大家千万不要以为边湘宁只是一个任劳任怨的老大哥，实际上他是湖北省人社厅授予的"汽车维修高级技师"、中国工程机械协会认可的"中国工程机械技术专家"，在国内多种专业技术期刊上发表过二十六篇有分量的学术文章。各位朋友如有兴趣，可在各官方网站搜索引擎上搜索一下，你就知道边湘宁的学术成果。边湘宁多次在各种场合表示："山达克先进的工程设备让我得到实践操作，领导的支持使我的技术水平得以发展提升。"

当然，与他同在山达克奉献的张建武，也是冶金系统一线的实践专家和研究专家。他的学术论文不但发表，而且多次获奖。

因为张建武曾在这里度过三年的青春岁月，这次重返山达克，就有着不同于其他人的特殊感受。故地重游的张建武感到既熟悉又陌生，既亲切又欣慰。熟悉的是整个山达克的地理环境，还是戈壁、沙漠、群山，陌生的是这里再次陷入死寂。

在边湘宁的引领下，张建武迫不及待地寻找自己当年留下的痕迹。令张建武惊喜的是，他在办公室里发现了十年前他写在办公室墙上的标语。

正因为这份对山达克的深厚感情，融入骨子里的"扎根"精神，后来其他同事因为报酬问题要拉着张建武离开山达克的时候，张建武一言不发，默默留下。

中冶集团为了山达克的建设，20世纪90年代初期在卡拉奇和奎达设立了两个办事处，主要负责国内进口设备的货物通关、中方人员的中转、与巴方业主的各种业务往来。

当时，王道担任奎达办事处主任，蔡玉霖负责财务工作，主要在奎达办公。王道1990年来到奎达工作，1995年又去卡拉奇办事处工作了三年，八年的青春奉献给了巴基斯坦，成为山达克的"外交部长"。

也许，苦难总是一路伴随着山达克。1996年中国人撤走了，巴基斯坦山达克金属公司兴高采烈地投入了生产，但他们万万没想到的是，这个时期全球铜价跌入谷底，每生产一吨铜都要赔上几百美元。

还有一个重要原因，巴基斯坦在山达克之前没有铜矿，更没有有色工业基础，山达克这样一个在中国人看来比较普通的企业，却是巴基斯坦现代企业的开端。在山达克参与生产的巴基斯坦工作人员，大多数只是在中国短短培训了半年回去的员工，所学到的知识难以独当一面，在实际运行中遇到困难就玩不转了。

除了国际铜价低迷、缺少管理和技术人才之外，巴基斯坦财政短缺也是一个重要原因。

这几个不利因素同时发酵，山达克铜金矿陷入进退维谷的状态。最后，山达克在独立生产了两个多月后，1996年2月不得不停了下来，并一直停到2000年。

巴基斯坦投入巨资开发的山达克铜金矿，就这么无声地矗立在那片黑色的土地上，无数的目光跨越空间和距离，不时瞥向那些曾经热闹的厂房和轰鸣的机器，那片难言的静寂让整个国家痛心不已。

藏在荒漠戈壁深处的山达克，成了巴基斯坦一块隐痛的伤疤。

拓荒山达克

中冶集团的矿业开发是从山达克开始的。中冶集团成为"中国企业走出去"国家战略的先行者，也是从山达克开始的。

喜欢追溯历史而又关心国事的人，都会清楚中国与巴基斯坦关系的历史渊源。巴基斯坦是最早承认中华人民共和国的国家之一，20世纪50年代初期两国就建立了外交关系。几十年来，无论国际风云如何变幻，中巴友谊都经受住了时间的考验和洗礼，结下了兄弟般的深厚友谊。这种情谊代代相传处处可见，中国人因此直接称巴基斯坦为"巴铁"。

往前追溯，汉武帝派张骞通西域，丝绸之路把西汉同中亚许多国家联系起来，促进了国家之间的政治经济和军事文化的交流。

巴基斯坦与中国佛教文化的发展也有着深厚的渊源。据史料记载，公元405年，晋代高僧法显到达巴基斯坦，并在巴基斯坦居住了六年之久。

而著名的唐代高僧玄奘于公元650年来到巴基斯坦的塔克西拉，在此讲经、说法整整两年。在玄奘所著的《大唐西域记》中，他以优美的文字描述塔克西拉："地称沃壤，稼穑殷盛，泉流多，花果茂。气序和畅，风俗轻勇，崇敬三宝。"

如今，玄奘的讲经堂遗址仍然保留着。中国译经史上，玄奘结束了一个旧时代，开辟了一个新时代。

进入新时期，1964年周恩来在伊斯兰堡夏克巴里安山顶种植了一棵乌柏树，后来许多中国领导人都在此种过树木，取名友谊林。

我们中国人对三叉戟飞机的名字并不陌生，鲜为人知的是，中国最早的三架三叉戟飞机就是通过巴基斯坦购买的，成为中国领导人出访的专机。而且中国最早的民航客机飞行员，都是在巴基斯坦培训的。

中巴友谊是一代又一代传下来的基因，走在巴基斯坦的大街上，我们可能因为宗教信仰和语言的障碍没法直接沟通，但我们会通过那些热情友好的目光，通过那些大大的眼睛和美丽的微笑感受到。

因此，中国人称巴基斯坦为"巴铁"，铜浇铁铸的铁哥们儿！

与此同时，巴基斯坦人民也称我们为"兄弟中国"！

中巴友好深深扎根在两国人民心中，融入两国人民的血脉，成为一种崇高而坚定的信念，并转化为实实在在的行动。对于山达克这块隐隐作痛的伤疤，巴基斯坦人记得，中国人更没有忘记。

孙长胜作为山达克建设时期的工程部负责人，当然对山达克念念不忘。2000年3月，孙长胜找到中国冶金建设公司的领导，突然抛出一个云山雾罩的话题："领导，您看报道没有，党中央指出，当今世界经济的发展，要求我们必须勇于和善于参与经济全球化的竞争，充分利用好国外和国内两种资源、两个市场。"

领导搞不清孙长胜葫芦里装着什么药，直接问："别拐弯，有什么话你就直说。"

孙长胜心里憋着个大招，他哪里会直奔主题？他拐弯抹角地说："年初，国家在全面总结我国对外开放经验的基础上，把中国企业走出去上升到关系我国发展全局和前途的重大战略的高度，您注意没有啊？"

"咱们中冶走出去都十几年了，从东南亚到美国的关岛，不都有咱们中冶建设者的身影吗？难道我们的高度不高吗？我们是排头兵！"领导也纳闷啊，孙长胜从来都是快言快语一针见血的人，这次却绕这么大弯子，到底想干什么呢？

孙长胜拿出刚刚结束的九届全国人大三次会议的报道说："您看看这次的两会报道，基本上就把中国企业走出去的战略，正式提高到国家战略层面上来了。"

作为国有大型企业的领导，同时又是党的高级干部，集团领导当然关注两会报道，因为中央决策往往是中国经济的风向标。中冶领导对孙长胜说："服从国家战略，当然是央企的一项庄严而神圣的使命。你在英国留过学，具有国际视野，你就说你看到了中冶的什么战略突破点了?"

孙长胜说:"我说的是巴基斯坦山达克那边,从1996年到现在停摆好几年了,从巴基斯坦的角度来说,没有收入就没法偿还我们的贷款。从我们的角度来说,他们不生产就欠我们的债,总不能扔着不管了吧?"

领导听完无奈地说:"你说到关键点上了,山达克投进去这么大的资金,扔在那里太可惜了。可山达克跟走出去战略又有什么关系呢?"

孙长胜听完来了兴趣:"据我所知,一是最近国际铜价涨起来了,据我估算,目前成本跟销售价能够持平,下一步铜价也许还能够看涨,那不就赚钱了吗?二是我听说巴基斯坦要重启山达克铜金矿,他们自己干不了,就提出了国际招标,我听巴基斯坦的朋友说,目前有好几个国家有意参与竞标。山达克是我们中冶建设的,我们知根知底啊,我们能不能参与这次国际招标呢?万一竞标成功了呢?"

领导一听孙长胜亮出了底牌,马上泼了一盆凉水说:"我们对采矿冶炼不感兴趣,这不是中冶建设公司的本业,我们的主业是建筑、设计、施工。况且山达克停工三四年了,机械设备扔在戈壁沙漠里早就锈迹斑斑缺胳膊少腿了。要重启山达克,没几个亿的前期投入是玩不转的。巴基斯坦欠我们的钱还要不回来,我们再花几个亿进去,万一打了水漂怎么办?"

这时候，孙长胜的机智就显示出来了。他拿出一摞厚厚的材料，双手递给领导说："我的设想是，中冶在境外注册一个公司，我来承包经营行不行？你们领导要是不信，我立军令状！拿我的身家性命担保。这是我费了几个月工夫，跟王道、蔡玉霖和全立辉他们做的可行性研究报告。"

领导见孙长胜一脸严肃，也严肃地说："我们不要你的身家性命做担保。这样吧，我们看完你的可研报告，开会研究后再说。这么大的事情，必须集体决策，并且必须得到国家主管部门的支持才可以。"

孙长胜一听，立即笑逐颜开。

孙长胜和中冶公司的领导都清楚，中国企业走出去是中国改革开放的必由之路。从党的十一届三中全会之后，改革开放的第一步是打开国门，把国外的技术资金请进来。第二步就是在对外开放的同时，积极走出去，发展同世界各国平等互利的经济合作。在这一重要方针指引下，中冶等大型国企开始把目光投向世界。

从最初打开国门改革开放到2000年，国家在总结了对外开放的历史后，正式把"中国企业走出去"作为国家战略。作为大型央企，中冶当然要成为这个战略决策的排头兵。

最终，中冶集团集体决策，同意由孙长胜牵头组织人员，参与这次国际招标。

在招标前期的人员配置中，除了山达克建设时期的元老王道、蔡玉霖等人，孙长胜想到的左膀右臂之一，就是他在西安冶金建筑学院的同学全立辉。恰巧，此时全立辉所在的单位已经并入中冶集团。

1964年出生于辽宁鞍山的全立辉，与冶金行业有着不解之缘。他的母亲在鞍钢工作，作为鞍钢子弟，他学习与职业生涯与冶金行业难解难分。

全立辉从西安冶金建筑学院本科毕业以后，到冶金工业部鞍山焦化耐火设计研究院工作，从技术员、助理工程师、工程师，一路干到高级工程师，接着又考入大连理工大学工商管理学院，成为国内较早一批的工商管理硕士。

1997年全立辉研究生毕业后再度回到鞍山，从技术岗位转向管理岗位，并在三十六岁那年担任中冶集团鞍山焦化耐火材料设计研究院计划经营处处长。

孙长胜借调全立辉后，从编制投标的标书到中标后的项目启动，这些工作全立辉整整干了两年。

孙长胜是满族人，老家在辽宁抚顺清原满族自治县，跟全立辉是同乡。他俩除了是同乡之外，还在西安冶金建筑学院同校、同专业。孙长胜是一班班长和系学生会主席，全立辉是二班班长。

这些知根知底的交情从上学的时候就开始了，两人一起从辽宁坐火车到北京转车去西安的时候，常常一起在北京短暂停留一两天，同吃同住同游，在学校里更成为无话不谈的好兄弟。

毕业后，两人一个去了北京，一个回了辽宁。

后来，两人的单位都合并到了中冶集团。孙长胜找全立辉做帮手，除了同学感情之外，更看重他出彩的工作经历和过硬的职业素养。

而孙长胜也在英国念过工程硕士，工作能力在中冶系统更是首屈一指。相似的教育背景和成长经历，让他们在并肩作战中配合默契。

竞标成功后，全立辉工作重心从招投标转移到现场的组建与机构的启动。随后，孙长胜交给他一项崭新的工作，在全国范围内为山达克招兵买马。

孙长胜担任山达克铜金矿总经理，全立辉担任人力资源部总监。王道因为之前在巴基斯坦担任办事处主任八年，自然而然担任了孙长胜的"外交部长"，因为要处理各种外交事宜，可以不用常驻山达克工作。

中冶集团在巴基斯坦注册了全资境外公司，名为中冶集团资源开发有限公司，而蔡玉霖这位财务经理，从项目启动开始就四处找钱。

项目启动需要起码两亿人民币的资金，中冶集团和孙长胜费了九牛二虎之力，中国进出口银行才答应可以贷款两亿元。但银行放款有个前提，必须拿实物做抵押。

孙长胜两手空空，哪有什么抵押物啊？

没办法，孙长胜只好去找中冶集团领导。中冶集团领导说："我们也没东西可给你抵押的，要不然把咱们的办公楼给你抵押了。"

那个时候，中冶集团的办公楼是安贞桥东北角的砖混小楼。孙长胜听了这话也真的当真了，带着人家银行的人来办公楼一看，这是二十世纪六七十年代建设的四五层的红砖楼，也不值两个亿啊。

中冶集团领导最后实在没招了，出面找到了下属单位中国二十二冶，谈妥用二十二冶在河北唐山刚建起来的办公楼做抵押，贷款两个亿给孙长胜使用。

当然，几年后中冶资源开发公司很快将这笔钱还给了银行，唐山那边的抵押也就解开了。

但谁也没有想到，孙长胜竟然在山达克重启的过程中，突然遭遇了空难。

主帅出师未捷身先死，孤悬海外的山达克铜金矿，以及聚集在山达克的几百名中国员工，下一步将何去何从呢？

立碑仪式

第二章
丝路先锋

山达克人在奔向海外的征程上

历经千辛万苦　远离故土亲人

勇往直前　披荆斩棘

在我们祖先都不曾到过的戈壁荒漠

创造着人间奇迹

铲装

▲ 冶炼厂转炉车间吹炼粗铜

▲ 中冶集团资源开发有限公司董事长何绪平
拜访俾路支省内政和部落事务部

临危受命

从 2003 年 2 月 24 日开始，山达克铜金矿项目首席执行官孙长胜牺牲的消息在中冶集团内部疯传。中冶人都知道，山达克铜金矿建设期就发生过中国车队被恐怖分子劫持的事件，现在孙长胜乘坐的飞机离奇失事，不由得让人对巴基斯坦安全环境产生各种猜测、怀疑、担忧……

2003 年 2 月 27 日清晨，身在缅甸的邹建辉起床后刚刚洗漱完毕，正准备吃早饭。突然手机响了，来电显示是中冶集团一位领导的电话，那位领导说："你马上买票，今天务必赶回国内。"

接到电话的邹建辉一头雾水，到底发生了什么事情？领导电话里没讲，但邹建辉从领导沉重的语气中，隐隐感到事情重大。

邹建辉顾不上端起饭碗，立刻订了时间最近的航班，当天晚上飞回北京。

此时的邹建辉是北京冶金设备研究设计总院副院长，兼任中冶集团设备技术成套公司总经理。因为工作需要，他被派往缅甸担任中冶集团缅甸纸浆厂项目的副总经理，主管成套设备的采购管理工作。

中冶领导突然火急火燎地召他回国，是福还是祸？说实话，邹建辉心里还是七上八下，打了一圈儿鼓。

坐在飞机上，邹建辉在心里用小锤子把他工作以来各个要害环节都敲了一遍，发现这十八年的工作经历中，虽然谈不上无懈可击，但没有什么大的漏洞，起码没什么贪污受贿那些龌龊事儿。邹建辉在缅甸的工作可谓紧锣密鼓，也许太累了，他上飞机没多久就昏昏睡去。

参加工作十八年来，邹建辉每次都像个救火队长，一有急难险重的任务，领导总会想到他。只因为他成熟稳重，遇到大事不糊涂。

邹建辉是江苏无锡新安人，沈阳冶金机械专科学校毕业后，又考入北京科技大学读本科。在沈阳机专期间，邹建辉还担任机械系学生会主席。

邹建辉1984年毕业后，分到中国冶金建设公司物资贸易部，随后被派往到中冶集团在尼日利亚的项目，经过两年多的锻炼，二十三岁的邹建辉担任了中冶集团尼日利亚农田水利灌溉项目经理。

邹建辉这次接到电话回国的时候，中冶集团公司刚刚迈开中国企业走出去的步伐。当时，中冶集团在境外有两个比较大的工程项目，一个是缅甸纸浆厂项目，另一个是巴基斯坦的山达克铜金矿项目。

第二天一大早，邹建辉急匆匆赶到单位才得知，山达克铜金矿首席执行官孙长胜的飞机失事，巴方从附近海域打捞出来飞机残骸，但没有找到孙长胜的遗体。为了稳住山达克铜金矿目前的局势，中冶集团急召邹建辉回国，就是让他立即去巴基斯坦接替孙长胜的工作。

坐在董事长的办公室里，在场的还有中冶集团的几位领导。董事长面色凝重地把情况介绍完之后，以征询的口吻问邹建辉："这是临危授命，不瞒你说，我们找了好几个同志，但这几个同志都打怵，不愿意去接这个烫手的山芋。建辉同志，你考虑一下，愿不愿意去巴基斯坦接受这次挑战啊？"

邹建辉一听，火急火燎地把我从缅甸叫回来，公司主要领导集体现场谈话，这都把我逼到墙根上了，我不去行吗？

邹建辉不动声色地说："去就去呗，到哪里干不都是给中冶集团干活啊。对我来讲这是一个机会，更是一个挑战，既然公司领导信任，那我就试试。"

出了领导的门，在回自己办公室的路上，邹建辉在走廊里被一位要好的同事拉住问："是不是让你去巴基斯坦？你知不知道，在你之前领导找了六七个人选，大家都说巴基斯坦那边有点恐怖，都害怕，都不愿意去，这才轮到你邹建辉。"

邹建辉温和地笑笑："你觉得我是捡了个漏，还是捧了个刺猬啊？"

同事善意地说："不管是捡漏还是刺猬，咱俩是兄弟，我劝你好好考虑一下，你干得好还罢了，干不成，你不让人家笑话死也得踩死啊？大家都不去，你抻这个头干吗啊？"

邹建辉依然微笑着说："到哪儿干不是干啊？咱就是一块砖，哪里需要哪里搬呗。"

同事一听真急了："你不知道大家为什么害怕去巴基斯坦吗？孙长胜刚在那里出事儿，现在活不见人死不见尸，你就不怕啊？"

邹建辉摇摇头，一副苦笑的样子："前边就是刀山火海我也没退路了，我都答应了，能不去吗？谢谢你的善意提醒，我会注意安全，努力保护好自己的。"

同事见邹建辉去意已决，也不好再说什么，轻叹一声，摇着头离开了。

2003年2月27日回国谈话后，领导只给了邹建辉八天准备时间。

临行前，中冶集团领导和邹建辉进行了谈话，提出了工作要求，同时鼓励说："集团总部一定会做好海外一线的坚强后盾，具体工作要抓大放小，放心大胆去闯。你一定记住，山达克铜金矿不仅是中冶的项目，更是中巴两国政府间的项目，中国企业走出去的重要项目。"

3月7日，邹建辉和中冶集团副总经理杨明德登上了飞往巴基斯坦的班机。

此时，邹建辉还不满四十岁。

前路茫茫，一切尚未可知，邹建辉内心有一种风萧萧兮易水寒、壮士一去兮不复还的悲凉情绪。但同时，四十岁正是男人干事业的黄金年龄，因此邹建辉的心情中还有点壮怀激烈的意思。

两种心情合并起来，就显得有点悲壮。但温文尔雅的邹建辉尽管内心四海翻腾云水激荡，还是努力在表情上不露声色。

也许，领导看重邹建辉的，就是他这种沉稳的大将风度。

邹建辉陪同中冶集团副总经理杨明德，直接从北京飞到卡拉奇。在卡拉奇办事处，中冶办事处的同事王林枫、袁俊珍等到机场接机后，陪同他们来到了卡拉奇办事处。

刚一下车，杨明德和邹建辉马上去见中冶集团专职党委副书记和常务副总经理。他们在孙长胜出事后，第一时间赶赴卡拉奇处理相关事宜。双方进行了工作交接后，又集体拜会了中国驻巴基斯坦大使和卡拉奇总领馆的有关领导。

此时，中国驻巴大使专程从伊斯兰堡赶到卡拉奇，慰问孙长胜家属，同时协调搜救工作。领事馆的同志们介绍了搜救过程，邹建辉得知，其他同机人员的遗体已经找到，孙长胜同志生还的希望非常渺茫。

与此同时，大使馆领导认为，中冶集团第一时间安排邹建辉接替孙长胜，行动迅速，利于稳定。

为了进入项目现场后能专心解决人员稳定、恢复生产工作，同时为了延续与巴基斯坦政府部门的关系，第三天邹建辉飞往伊斯兰堡，及时拜访了巴基斯坦石油资源部领导，就项目合作和当地政府展开公关工作。在伊斯兰堡，邹建辉还紧锣密鼓地听取了伊斯兰堡办事处主任、当地雇员、原矿业局局长老纳的工作汇报。

第三天，邹建辉又不顾旅途疲劳，从伊斯兰堡飞往山达克铜金矿所在俾路支省首府奎达市。此时邹建辉才知道，奎达市不但是中方人员来往卡拉奇和山达克必经的中转站，这里还是巴基斯坦塔利班的根据地之一。

在奎达市，邹建辉拜访了巴基斯坦航空公司总经理，期望巴航能开通卡拉奇直飞山达克现场的固定航班，以解决奎达到山达克的交通安全问题。但开通机场是个长期问题，并非一时之功。后来，在邹建辉等人和中国外交使馆的努力下，中方人员搭乘的飞机可以降落在奎达与山达克之间的达尔坂丁机场。第三租赁期后，因安全局势渐呈严峻，公司为保障员工安全出行，自筹资金恢复了距离公司二十公里的Juzzak机场，节省了四个多小时的陆路时间，减轻了员工往返达尔坂丁机场旅途劳累，避免了长途出行的安全风险。2021年9

月15日，Juzzak机场成功完成首航。

达尔坂丁机场是巴基斯坦的一座军用机场，离山达克近四百公里，中国人乘坐的航班是当地唯一可以允许起降的民用航班，巴基斯坦对中国兄弟可谓网开一面。

同时，邹建辉还拜访了巴基斯坦税务总局驻奎达海关关长，由于山达克铜金矿享受巴基斯坦政府出口加工区优惠政策，邹建辉希望关长能一如既往给予大力支持。

最后，邹建辉会见了山达克铜金矿业主巴基斯坦金属有限公司总经理，希望双方不要因空难事件受到影响，继续保持友好合作。在奎达期间，邹建辉还听取了巴方办事处经理、当地雇员胡马勇先生的工作汇报。

第五天，邹建辉驱车进山，一头扎进了山达克。

月球人

一踏进荒漠戈壁的群山里，邹建辉仿佛有一种到了非洲的感觉，所不同的是非洲是干燥的沙土，这是黑色的砾石。向远处眺望，阳光照耀下，地面的扰流和气流呈现出海市蜃楼般的恍惚，远处山体光秃秃的看不到任何植被，经阳光反复暴晒后显得黢黑一片。

进山路上，邹建辉仿佛能嗅到一种焦土和死亡的味道。

邹建辉来山达克之前就知道，这里常年水的蒸发量高于降水量。但身临其境之后才知道，这里除了死气沉沉的荒凉，没有一点儿生机。

所有在山达克生活的中国人，都戏称自己生活的地方像在月球上。很多中国人的微信名字都与月球有关，接任邹建辉担任总经理的魏盛远的微信名字，干脆就叫"月球人"。

来到山达克后，杨明德首先组织召开干部大会，宣布中冶集团对邹建辉的任命，号召大家一定要齐心协力支持邹建辉总经理的工作。在现场考察过程中，杨明德找来主要领导干部和员工谈心，安抚大家的情绪。但谈了一圈儿下来，杨明德发现大家的思想不稳定程度超乎他的预想：几乎所有人都不想在山达克干了。

杨明德忧心忡忡，这种不安情绪蔓延到所有人，成为一种群体意识之后，想改变是非常难的。但杨明德不可能一直在山达克陪着邹建辉，他回国之后，就扔下邹建辉孤零零的一个人了。

说邹建辉孤零零一个人显然不合适，山达克的中方团队还有二百多人，来自祖国四面八方，主要以江西江铜、湖北大冶、甘肃金川、辽宁本溪以及河北唐山的二十二冶为主，只有个别领导干部是从中冶总部来的。但在此之前，邹建辉在业务上跟他们没什么交集，绝大多数都不认识。

孙长胜当年和中冶总部商谈的条件是承包经营山达克，

总部赋予孙长胜充分的经营自主权。大家的思想波动，恰恰是这种自主权带来的后遗症。因为有了一定的自主权，孙长胜从国内召集各路豪杰时，根据不同情况做出了各种各样的承诺。在当时的那个时代，大家只懂守诺诚信，但合同意识不强，因此书面合约极少，绝大多数是口头承诺。

孙长胜给邹建辉留下了两难选择，如果认账，凭你两片嘴狮子大开口怎么办？孙长胜死无对证，邹建辉要是都不答应，整个现场都会乱成一团。新官不理旧账，邹建辉认不认账，成了大家思想混乱的导火索。

如果认账，账在哪里？如果不认账，孙长胜当年的承诺就无法兑现，光喊口号没有实际利益，谁也不会在这里傻奉献啊。

邹建辉刚到山达克现场，人心浮动犹如一盘散沙。在头一个月，邹建辉仿佛只带了耳朵，他只听，不管谁说什么都不轻易表态。有人在待遇方面担心邹建辉不会兑现孙长胜以前的承诺，要么表示要到中冶总部告状相威胁，要么以提出辞职回国相要挟。邹建辉只给出一句话："孙长胜答应你们的条件，有书面承诺的绝不会变，没有书面承诺的再协商。"

孙长胜飞机失事的消息传到山达克后，干部员工的情绪都非常糟糕，几乎个个垂头丧气，眼睛迷茫无神，情绪悲观失落。干部员工送给邹建辉的见面礼，绝大多数是要求提前回国的申请。

这个乱局令邹建辉始料不及，脑袋嗡嗡直响。但他还是稳坐钓鱼台，每天早上都是笑眯眯地来到办公室，按部就班地工作，却没有发出任何一份指令。

与此同时，这时期的国际铜价又到了一个低谷阶段，一吨粗铜的价格卖不到一千七百美元，按照这个价格生产，邹建辉算了一下，不但不赚钱，甚至还要赔上不少。

在孙长胜来山达克之前，中冶集团通过中国进出口银行贷款两亿元人民币，购置了各种设备投入生产，目前这笔钱已经所剩无几。账上没有钱，下一步生产怎么办？邹建辉和大家心里都不踏实。

笑眯眯的邹建辉孤身一人来到山达克，没有自己的左膀右臂，此时感到从未有过的孤独与压力，也找不到倾诉的对象。

但邹建辉思路清晰，摆在他面前亟待解决的至少有三大难点：

首先是人心，大家都吵吵着要回国，人心散了，何谈恢复生产？不能尽早生产，亏损会更大，这样下去谈何维持公司正常生产经营？用什么办法来聚拢人心呢？

其次是公司内各个部门之间的矛盾。矛盾主要集中在检修部门和生产单位，同样一个机器，检修部门说我检修好了，生产部门说这机器没法用，互相推诿扯皮。这时候正是恢复生产阶段，各部门都在对搁置多年的机器进行大修、检修，如果机器运转不灵，就会影响正常生产。用什么办法来打通生产环节呢？

第三个是中方和外方的矛盾。尽管还没有生产，也没有效益，但外方员工在人为的鼓动下，纷纷要求提高伙食标准、提高劳动报酬，甚至提出要成立工会。用什么办法来稳住巴方员工呢？

虽然之前这些矛盾一直存在，也一直没有解决好，但慑于孙长胜的威望，大家一直不敢把矛盾亮到明面上。孙长胜牺牲后，公司又派了个温文尔雅的邹建辉接棒。大家一看换了个只会笑眯眯的领导人，整整一个月也没砍出自己的三板斧，各种矛盾也都揭开了盖子。

越是在这种情况下，人生地不熟的邹建辉越是要采取以静制动的方略。一个月内他只听只看，绝不表态，除了尽快了解熟悉情况外，下面请示工作上该怎么安排，邹建辉只是说："按照孙总原来的计划，该大修的大修，该维护的维护，后勤保障、供应备配件都跟上就行。"

但与此同时，邹建辉深入厂矿一线，做了大量深入细致的调查研究，掌握了一手材料。

邹建辉给自己限定的一个月观察期，转眼就到了，山达克的基本情况也差不多摸透了。已经找准症结的邹建辉，开始游刃有余地庖丁解牛了。

这时候邹建辉注意到，山达克现场缺乏干练机敏的人事干部，必须尽快从国内选调经验丰富的一线人事干部到山达克工作，以平息各方中国人的力量对比和矛盾冲突。

与此同时，邹建辉找来人事部总监全立辉说："老全，孙总牺牲了，但他留下的基业必须要稳固，我们只有在山达克干得更好才能告慰孙总的在天之灵。你现在马上回国，按照我们的要求招兵买马，选调精兵强将来山达克工作，一旦我们在下一步人事调整中出现漏洞，能及时补上，确保选调的技术人才打通采、选、冶的各个环节。选调标准和条件参照孙总的原则，只有一个要求，无论是调动还是借用，都要签订合同。"

全立辉二话没说，立即飞回国内。

国家脸面

山达克项目凝结着中巴两国政府和高层领导的心血和关怀，是两国人民共同培植的友谊之花。中冶资源也只是中冶集团众多境外企业的一个缩影，创造经济效益，履行社会责任，一代又一代公司班子成员肩负着沉甸甸的政治责任，不负"走出去"的光荣使命。每一个赶赴山达克的创业者，在踏上"月球"的征程中，无一不是历经千辛万苦，他们远离故土亲人，悄无声息地把儿女情长藏在心中，把对家乡的思念融入工作中，带着一股勇往直前的勇气和披荆斩棘的魄力，团结奋斗，风雨同舟，在荒凉贫瘠的山达克创造着奇迹。他们的梦想追求，就是在这片荒漠之地造出一个欣欣向荣的戈壁绿洲。

邹建辉到达山达克刚满一个月，准备着手理顺山达克的人事关系。这个时候，中冶集团在安徽马鞍山组织全系统干部人事会议，培训学习使用一个新开发的统计软件。中冶集团下属的中国十九冶干部处长带领管理科长何绪平参加完这次学习，正准备返回十九冶所在的四川省攀枝花市。

这一天，是 2003 年 4 月 20 日。

就要动身回四川了，想到盼着他回家的妻子，何绪平正琢磨着明天一早买点什么礼物带回去。突然，中冶集团人事部的一位领导把电话打到了他的手机上。那位领导也不拐弯抹角，直接说："小何同志，我们集团在巴基斯坦山达克那边有个项目，需要一线人事干部去工作，我们梳理了集团人事系统，最后认为你是最佳人选。"

久居攀枝花大山里的何绪平，出川的机会都很少，哪里知道什么巴基斯坦在哪里啊？他更没听说过什么山达克，连忙说："要不要我回单位去请示一下？再回家跟爱人商议一下？"

这位领导一听，略带不悦的口气："这是组织决定，请你做做家里人工作。我们已经给你们买好来北京的车票，你和你们干部处长先来北京面谈，再商议。"

丈二和尚摸不着头脑的何绪平放下电话，把刚才的通话内容告诉了处长，最后忍不住嘟囔了一句："北京不是非典闹得凶巴巴吗？这时候让咱俩去北京。"

干部处长一语道破："组织决定，刀山火海都得上，非典怕什么啊？集团那边让你去，就是看看你小子能不能把这个担子挑起来。什么都别说了，明天去。"

4月22日，何绪平跟着干部处长来到北京，走进安贞桥的中冶办公大楼。

来到人事部，简单寒暄几句后，人事部领导开门见山地说："小何同志，我们在巴基斯坦的项目是个铜金矿，在俾路支省的山达克地区，这是中冶第一个境外资源项目，也是中国企业走出去的首批资源项目。但那边突然出了一个事故，两个月前，项目经理孙长胜同志在巴基斯坦坠机牺牲了，下边乱成一锅粥了。亟须派有一线工作经验的人事骨干过去。"

何绪平想了想："对啊，我想起来了。两个月前，我在《华西都市报》上看到过这条消息，说是我们中冶的一个人在巴基斯坦坠机了。因为是咱们中冶的人，我就有意多看了一遍，没想到冥冥之中跟今天的谈话有关。"

人事部领导说："是啊，孙总的牺牲是我们中冶的重大损失，但他留下这一大摊子事儿还要干下去。现在山达克的工作人员都是他从全国各地挖去的专家，领头雁没了，其他人也就不想干了。加上那个地方是荒漠戈壁，本来就艰苦，带头人牺牲了，很多人连招呼都不打就跑回来了。"

本来脾气就急的何绪平，听完后也着急了："这不散摊子了吗？这个不仅仅是中冶集团的项目，也是国家的项目，说大点，跑回来丢的是国家的脸面啊！"

人事部领导欣慰地看着何绪平说："说得好，国家的脸面不能丢，这个项目要是运营不下去，国内外我们都不好交代。听说那边的乱局，国内很多人都不愿意去。孙总牺牲后，邹建辉同志已经临危受命接任总经理。但稳定人心的工作除了领导层外，更需要具有一线工作经验的人事干部，冲到一线去抽丝剥茧整理乱麻。考虑到你年富力强，又在攀枝花一线工作，所以我们打算抽调你到山达克去工作。"

何绪平此时心绪难平，他也不知道自己该答应还是该拒绝，但他的回答很坚定："工作安排上，我听组织的。"

4月25日，何绪平和干部处长坐火车回到攀枝花。他对公司领导说："我去支持他们两年，也不办理调动手续，我学点本事两年过后再回来。"

公司领导当然明白何绪平的心思，对他说："干部就是要'干'字当头，关键时候冲得上、顶得住！无论什么时候，十九冶永远是你的家。"

出国工作是锻炼成长的好机会，但何绪平也担心干砸了怎么办，既然领导表态了，那也就没什么后顾之忧了。

况且，这也许是冥冥之中的一种缘分。两个月前他看到孙长胜在巴基斯坦坠机的时候，心里就咯噔了一下，何绪平还拿着《华西都市报》跟同事叹息说："怎么偏偏咱们中冶的人掉下来了呢？埋骨他乡，不容易啊。"

没想到，仅仅过了两个月，他就要去巴基斯坦了。何绪平非常想抓住这次人生机遇，但也需要爱人的同意。

何绪平的爱人小张是十九冶电器设备安装公司的工程师，两人结婚没多久，正计划着要小孩，因此何绪平对妻子的态度还有一点担心。

回家后，何绪平以退为进地说："去那边工作有风险，况且我们刚结婚，在我心目中，你和家庭是第一位的，要不我不去了？"

何绪平的爱人是个爽快的川妹子。她看着何绪平跃跃欲试的样子，平静地说："组织安排你去，是对你的信任和考验。放心去吧，我在这边能照顾好自己。"

刀刃向内

邹建辉调何绪平来到山达克，首先就是解决人的问题，也就是捋顺各种基层的管理关系。

何绪平的顶头上司邹建辉，不是那种大刀阔斧的性格。他性格中的冷静沉着，体现在他的小刀切黄油的精准快速上，绝不拖泥带水。

何绪平走进山达克才发现，这里竟然是异国他乡荒漠戈壁上的沙家浜。表面上大家和和气气、风平浪静、和谐繁荣，但实际上几股力量的较量却暗流涌动。

何绪平的职责无论叫干部人事工作，还是叫人力资源管理，都是一码事儿，就是根据以往的经验、理念和现状，制定一些政策办法，把合适的人安排在合适的岗位上。

以山达克中方团队为例，他们都是中冶资源从国内四面八方召集而来。如采矿人员，主要来自内蒙古包头的白云铁矿和甘肃金川矿业，选矿人员主要来自江西德兴铜矿，冶炼人员主要来自湖北大冶。与此同时，每个团队还有来自河北邯郸、秦皇岛，辽宁抚顺以及湖南等钢铁企业，还有一些是从社会上招聘来的能工巧匠。

这些操着不同口音的人，几乎每个人在国内都是专家骨干，但到了山达克，怎样适应国外的工作环境，需要一个磨合的过程。

规章制度的草拟要考虑巴方的制度，员工的日常出勤、业绩考核和员工培训，有些制度可以逐步完善，但用人力资源制度把中巴双方人员结构的架子搭起来，让生产的各个环节有效衔接并运转起来，这是最令何绪平挠头的。

人力资源配置是企业最基本的管理模式，也是让管理者最头疼的一个事情。仅就中方而言，四面八方不同的人和不同的工种，怎么进行有效的衔接合作？必须经过几轮打磨和淘汰才能吹尽黄沙始见金，这个道理跟金属冶炼是一样的。

第一个难题，是采矿厂经理老郑带来的。而公司辞退的第一个部门经理，就是老郑。

这位老郑是孙长胜请来的一位技术专家，采矿技术在国内是一流的。他带了几个技术人员来山达克，成为山达克采矿的顶梁柱。

老郑是孙长胜亲自请来的得力干将，担任采矿厂经理，并监管运输车队，同时兼任公司副经理。按说，他在采矿和运输的位置上十分重要。

辞掉老郑，是冒着巨大风险的。运输和挖矿是一对相辅相成的矛盾，作为两个部门负责人，老郑没有能力解决好运输和挖矿选矿之间的扯皮，而且在工作中，还不愿意提前做好配矿工作，仅靠拍脑袋做决定。

矿石运输本身就是个老问题。因为整个调配权握在老郑手里，他是一把手，他没有协调好这两者之间的关系。

矿车运输过程中，老郑按照国内的方式进行粗放式管理，不做道路和车辆维护。比如说，二十九台六十八吨的运矿大车，检修部门维护保养好供运输部门使用。但在使用的过程中，采矿厂不进行搭配，要么一股脑儿倾巢出动玩命地使用，要么一辆车都找不到。用完后，车辆一下子趴窝十几台，再想用的时候不够了。维修完后老郑又不加强管理，运输道路也懒得维护，经常出现扎胎爆胎的情况，一台大车在前边趴窝了，后边的矿车就堵住，造成了肠梗阻。

山达克铜金矿是露天矿床，从矿口螺旋往下一条运输道路，把挖掘出来的矿石运出来才能进入选矿和冶炼环节，矿石运不出来，邹建辉当然要第一个拿老郑开刀。

邹建辉进行了第一步调整：挖矿的专门挖矿，大车运输连路带车交给另一个部门来管理，这样做到既分又合。因为载重大车颠簸，轮胎磨损太厉害，连路带车一家来管，这样轮胎的使用率提高了，耗材明显下降。

也就是说，调整之后老郑只管挖矿这一摊子事儿，不再管大车运输。这样一来他的权力缩小了一半，他当然不舒服，就找到邹建辉叫板嚷嚷说："挖矿这边我能出效益，运输那边却看不出效益。"

邹建辉也不客气："你恰恰说反了吧？运输那边为什么有效益？是因为人家降低消耗了。倒是你这边挖矿、配矿的效率还没有提高，你这边为什么没有效益？你怎么不从自身找找原因呢？"

老郑也不退让："我是采矿专家，你懂采矿吗？"

邹建辉是设备专家，他从来没干过采矿专业，当然是外行。老郑的一句话，把他噎了一个跟头。

外行无法有效地指挥内行，邹建辉才发现自己当初为了避嫌，单枪匹马来到山达克才处处掣肘。现在，急需从国内选调一些会管理、懂技术的内行人才来山达克协助他了。

当然，这些调整和改革需要稳妥进行，邹建辉也怕耽误工期，不敢有太大的动作。为了把老郑的业务完全理顺，他用小刀切黄油的战术精准地剥离，这个动作他用了近两年的时间。

国内这边，全立辉也紧锣密鼓地寻找着各个专业的能人。

老郑这个人技术好，又身处采矿厂的老大位置，性格上也敢想敢干雷厉风行，这是优点的一方面。另一方面，有能力的人往往有脾气，加上性格比较固执，下面都得唯他马首是瞻，不然没好果子吃。

因此，被他穿过小鞋的那些外围人员，都憋着一股气，都想办法给他找点麻烦。

老郑在采矿厂经理的位置上干了接近一年，孙长胜牺牲之后，邹建辉又把他提升到公司副总经理的位置上。按说这个待遇已经够高了。但老郑觉得在山达克说话的分量还不够，事事处处跟公司的高层也有了各种别扭。

上边没理顺，下边想使坏，老郑身处四面楚歌的境地却不自知。因为有一群老乡整天跟在他屁股后面，边拍马屁边说奉承话。后来，老郑干脆想到了一个以退为进的计谋。

年纪轻轻的何绪平刚到山达克，最初还摸不准老郑的脉搏。他找老郑请教采矿厂人力资源配置的时候，没想到老郑却抛给他一个更大的难题："我来山达克这一年多，总是水土不服,这一段前列腺病犯了,得回国去治疗。"

老郑毕竟是公司领导,何绪平也不敢接老郑的茬儿。多方打听之后,才搞明白老郑撂挑子的真正原因:职位不够高,待遇上不去。

可是,公司只有一个总经理邹建辉,来自湖北大冶的冶炼专家胡发先德高望重,已经担任常务副总经理,总不能安排两个常务副总经理吧?

怎么办呢?这事儿可不是自己能做主的。

何绪平把前因后果搞清楚之后,向公司高层和邹建辉做了汇报。通过多方权衡之后,当老郑再次提出身体有病的时候,得到邹建辉一个顺水推舟的回答:"身体要紧,同意回国治病。"

老郑一听傻眼了,但说出去的话泼出去的水,此时已经覆水难收。

让邹建辉最担心的事情,终于还是发生了:老郑离开的时候,绝大多数跟他一起从国内来的采矿技术人员,都跟他走了。

与此同时,让老郑意想不到事情也同时发生了,有两个他带来的年轻小伙子却突然说:"我俩不走,在这里干没什么不好的。"

此时的老郑也不好说什么,只好悻悻地撂下一句话:"你俩好自为之吧。"

望着老郑倔强而决绝的背影，这两个留下的年轻人也黯然神伤。他俩也不知道，孤孤单单留在这里，他们将来会遇到什么。

实际上，在老郑离开山达克之前，公司也找这两个年轻人做了工作，讲明了利害关系，晓之以理，动之以情。把道理掰开了，揉碎了，既说现在，也说未来，两个年轻人才决定留在山达克。

老郑虽然有性格，但也绝不是那种绝情的人。他决绝地离开了山达克，两个年轻人在他身后小声念叨着："老郑大哥，山高水长，各自珍重！"

兄弟同心，其利断金！留下来这两个人，一位是今天的总工程师李兴国，一个是高级工程师张建武。两个当年微不足道的小技术员，现在已经成为山达克的中流砥柱。

海外征战的艰难岁月，是一个大浪淘沙的过程，总有一些人打着自己的小算盘，计较着自己的得失，而更多的人却始终遵循着自己的内心。他们无声的努力和坚守，点亮了自己的人生，也擦亮了山达克的金色勋章。

第三章
四面八方

山达克这么多人
有中国专家也有巴方兄弟
必须把每个人的长处用起来
把合适的人摆在合适的岗位上
再用合适的制度去规范
让规矩成为大家的习惯

爆破

▶ 我们在努力

最美的青春

青春是一场义无反顾的闯荡，是一次心甘情愿的旅行。快乐达观的张建武怎么也没想到，人生中最好的三十年，会在异国他乡的山达克度过，回想起来，那时自己是如此之执着，如此之无畏。

1990年中巴签订山达克铜金矿开发之后，中冶集团作为山达克铜金矿项目的总承包商，在全国范围内招标。最终，张建武所在的甘肃金川有色金属公司，接手负责山达克矿山的基建剥离工程。

所谓剥离，对露天开采而言，就是把地面上没有利用价值的碎石清除掉，挖到可用的矿石部分。这项工作听起来简单，但要在荒漠戈壁、飞沙走石中挖出直径接近一公里，深度数米甚至数百米的大坑，那可是无比巨大的工程。

1991年的时候，出国工作还是一件非常荣耀的事情，尤其对矿业职工来说，出国就是代表公司的形象，代表国家的脸面，对人员素质各方面条件要求都比较严格。

金川矿业为了公平起见，在全公司范围内公开招聘专业技术人员，当年二十八岁的张建武正是是金川矿业的骨干技术员，一听说要出国，他第一个报名参加。

出生在陕西渭南农村的张建武性格无拘无束，喜欢挑战新鲜事物。彼时的他并没考虑更多，只是想出去见见世面。对于他来说，从一个陕西农民子弟来到甘肃金昌，跳出农门成为一名技术员，已经是人生的一次飞跃，要是能够出趟国为国争光，那可是无比风光的事。

经过层层严格筛选，张建武最后进入备选名单。随后公司派张建武出差到陕西省西安市购买测量仪器，就是为了出国做准备。在张建武看来，自己出国的事儿已经十拿九稳了。

在回金川的火车上，张建武还情不自禁畅想着国外的工作和生活情景。可是当他满心欢喜地回到金川时，领导却告诉他一个十分沮丧的消息："你的政审没有通过，组织部门取消了你的出国资格。"

"我八辈农民，哪儿还有政治问题？"闻听此讯，张建武如五雷轰顶，心情一下子从山顶跌入谷底。

张建武并不知道的是，因为他来自陕西渭南，从小放羊出身，身上带着自由的天性，加上生性开朗豪迈，有时候在单位一高兴就放开嗓子吼上两句信天游。别人一听，这是哥哥想妹妹的酸曲啊，要是到了国外还唱这些不文明的拉手手、亲口口，岂不影响中国人的形象？因此，单位就以政审不过关为由刷掉了张建武。

张建武很沮丧，可家里人却并不如此，甚至还觉得有些庆幸。当初，他去报名的时候，妻子听说他背井离乡到外国去，而且这一去好几年，首先想到的是家里该怎么办。当时加上家里人对外面的情况不清楚，孩子幼小，所有亲友心里都反对，只是因为这是为公司出力，为国家效力，虽然都是农民出身，但舍小家为大家的精神咱还是有的，即使心里再不舍也不能不支持。

张建武觉得，从陕西渭南来到甘肃金昌工作，好不容易能从农村闯出来，自己也正是干事创业的年纪，只要公司有需要，自己技术能胜任，他都愿意冲在前面。如今有去国外大干一场的机会，当然不能落下。

为出国已经忙活了好多天，好不容易得到家人支持同意了，可又因政审问题没通过。他思来想去怎么也想不通，便闷头提着一瓶烧酒回家，边喝闷酒边叹气，一晚上也琢磨不清自己的政治问题到底出在哪儿。

第二天，醉眼惺忪的张建武刚到单位，领导就扔给了他一个惊喜：张建武作为金川公司的三个专家之一，立即动身去巴基斯坦。

张建武当时笑着对领导说："你们这一惊一乍的，害得我浪费了一瓶好酒。等我赚了钱回来，请你们喝好的。"

原来，上级公司来考察的时候，单位领导担心张建武性格外向，万一出国开玩笑，再开成了国际玩笑，谁也担不起责任，不得已，只好说张建武政审不合格。但在专业能力上，比来比去又找不到比张建武更合适的。上级领导一听张建武性格开朗，马上说："我们山达克那边就要喜欢撒欢的，那些闷葫芦我们还不要呢，等出国之后你们就知道为什么了。"

从没有走出国门的张建武本以为国外都是现代化大城市，当他千里迢迢来到山达克的时候，禁不住慨叹，这里的环境还比不上老家的黄土高坡。

张建武老家渭南虽然也算黄土高原，但春夏之后满眼还都是郁郁葱葱。后来到了甘肃金昌的金川矿业公司工作，绿色变成了稀罕物，满眼都是漫漫黄沙。好不容易换个环境来到南亚的热带国家巴基斯坦，张建武心想着热带怎么也得有几棵椰子树啊，听说水果随便吃啊。可到了山达克才发现，除了茫茫戈壁荒漠，就是四周绵延起伏的山梁，一片沉寂满目荒凉，到处都是光秃秃、黑魆魆的原始地貌，不要说树了，连一丁点儿绿色都看不到。

张建武初来乍到，最直接的感受是山达克的工作环境异常艰苦。但他并不知道，在20世纪60年代，在这里进行地质勘探的英国专家虽然发现了铜矿，但确认这里不适合人类生存，所以人家干脆就没动开采的念头。

最初的山达克，连最基本的水、电、公路都没有，更别奢望今天我们所说的手机、网络、电视等现代化的设施。20世纪90年代初，从俾路支省首府奎达到山达克十多个小时，只有一条戈壁滩上崎岖不平的沙土路。

张建武第一次进山是1991年8月。天气异常炎热，他跟随团队乘坐的大巴，早上六点钟从俾路支省首府奎达出发，一路颠簸了一整天，百般煎熬才在傍晚六点到达令他心驰神往的山达克。

那时的山达克，只有60年代英国人搞地质勘探时建造的几栋房子，进入山达克阿姆拉夫村口的时候，张建武只看见一块竖立的木牌子，上面用英文写着：热爱山达克，建设山达克。

下车后，一股热浪迎面而来，所有人都汗流浃背，在车上饥渴难耐一整天的人们此时更是口干舌燥，嗓子眼就像要冒火一样。大家急切地喊着："水，水，有水吗？"

可哪里有饮用水啊，只有一辆水罐车停在那里，那是从塔夫坦镇拉来的又苦又涩的水。所有人管不了那么多，争先恐后地扑向水罐车，每个人都拿着一个搪瓷大茶缸子，你一缸子我一缸子狂喝，像猪八戒吃人参果一样顾不上什么滋味。

放下缸子才知道，那水是根本无法下咽的盐碱水。

来自全国各地的上千名建设者，突然涌到荒无人烟的山达克，各种生活设施都跟不上。仅就电力而言，当时只有一台临时使用的小型发电机，晚上只够供照明使用，而且十点钟准时停电。

八月的山达克，最让人难以承受的就是这里四十多摄氏度的高温，不但没有空调没有水，晚上还有无数蚊虫肆虐。在山达克，苍蝇蚊子都是纯绿色无污染的。在国内我们把苍蝇当作不洁之物，但在山达克苍蝇蚊子却是一种绿色的生命象征，与人类共存共生的好伙伴，没有人觉得苍蝇恶心。

闷热、奇痒、烦躁，张建武他们白天工作还能忍耐，晚上简直痛苦不堪，无奈几个人开着东风卡车到野外睡在车上。谁也想不到，半夜突发沙尘暴，狂风卷着黄沙砾石铺天盖地差点把他们埋在野外。几人一看不好，又狼狈地跑回到地窝子搭建的宿舍，更是辗转反侧难以成眠。

初到山达克的建设者们困难重重，开始连食堂和办公场所都没有，就连住房都很紧张。张建武他们要做的第一件事，就是修建住房和食堂，建设厂区和办公室。大家冒着四五十度的高温打土坯、和水泥砌墙，个个都成了合格的泥瓦匠。

上下班的时候，大家都乘坐东风卡车和运矿石的大车到矿上，没车的时候只能步行。虽然又苦又累，但大家却精神振奋斗志昂扬，所有人都干得热火朝天。

有了初建时期刻骨铭心的经历，张建武他们怎么会舍得离开山达克呢？即使再苦再累，这里也慢慢成了大家海外的共同的家。

　　张建武只是创业时期的一位年轻代表。我们还能数出无数个像张建武一样的热血青年，胡发先、边湘宁、朱立中、郭国忠等，他们有的把最美的青春留在了山达克，有的把生命留在了山达克。今天，每一个踏上这块土地的人，都要感谢那些为海外拓荒发展付出了艰辛努力的先行者。他们在我们祖先都不曾到过的地方，十几年如一日深深扎根，创造着人类奇迹。

铜壶煮三江

垒起七星灶，

铜壶煮三江。

摆开八仙桌，

招待十六方。

来的都是客，

全凭嘴一张。

相逢开口笑，

过后不思量。

　　中国人对革命样板戏《沙家浜》中的智斗桥段耳熟能详。

只要提起《沙家浜》，很多人就会想到阿庆嫂、胡传魁、刁德一之间，从各自的性格、利益、处境出发的暗斗。

中国古代，五百户人家为党，一万二千五百户人家为乡，合而称乡党，口头语通常叫作老乡。中国人无论走到哪里，都喜欢以地域为纽带，形成独特的老乡小圈子。

别小看这个乡党。乡党文化，其实就是一个人赖以生存的小圈子和角力场。

以山达克的业务分类而言，主要分为采矿、选矿、冶炼三个部分，每个部门来自不同地域，这就必然分成了三帮。而在三个帮的下边，又因为亲疏远近分成了不同派别。比如采矿人员，主要来自甘肃金川和内蒙古白云鄂博两个地区，加上国内其他地区来的专家，又形成了抱团取暖的第三股力量。

采矿这个领域里有了三派，而在冶炼部门，主要是来自江西德兴和湖北大冶这两个地域的人，这又是两派。加上别的地区来的人，帮里有帮，帮外有派，谁也说不清楚到底分成了多少派。

在山达克初创时期，各种团团伙伙之间打架斗殴只是表面现象，因为地域冲突不合引发了一些事故，影响了企业的正常运行。

何绪平来山达克不到半个月，选矿厂直径五米多的球磨机突然停机了。

　　大家都是业内人士，谁都糊弄不了谁。邹建辉本来就是设备专家，他带着何绪平等人一到现场，就大致明白了停机的原因。表面上是机械故障，但邹建辉断定有人故意捣鬼。可是分管选矿的经理碍于情面或者别的原因，死活不肯找出这个使坏的人来。

　　怎么办？深思熟虑之后，何绪平果断向邹建辉建议说："机器维修的负责同志，应该承担主要责任，谁出问题谁担责，请他主动提出辞职。"

　　辞职的这个同志虽然有委屈，但他分管设备维修，肯定也不想设备出事儿，由于个人管理方式简单粗暴，引起下面的兄弟不满意。不管是故意捣乱还是放任不管，队伍出了问题，领导必须担责。

　　本以为是杀鸡儆猴的举动，能带来一些改观，谁也没想到却起了反作用。那位负责人辞职之后，新换上另外一个地域的负责人，刚开始工作，球磨机勉强运转了几天，但很快问题再次出现了。

　　这次问题更严重，上次是驴不走，这次干脆磨也不转了：球磨机转不动的同时，尾矿又把排泄管道堵塞了，整个选矿系统全部停工。

　　这里边需要说一个技术问题：山达克的采矿、选矿、冶炼三个阶段，是一个连续的生产过程。简单一点说，就是把采来的矿石粉碎之后，再用球磨机磨成粉末状，然后通过浮选法选出矿来，剩下的泥沙叫作尾矿，需要排到尾矿库里去。

一般来说，从矿山开采出来的矿石块都很大。矿石送到选矿厂后，首先将矿石破碎到一定程度，然后再送入磨矿机磨碎，使矿石中各种有用的矿物颗粒跟泥沙分离。

磨矿就是把石头扔进圆筒形的磨矿机中磨碎，筒体内装有钢球、钢棒等研磨工具，装钢球或铁球的磨矿机叫球磨机。

矿石磨细之后就要进行选矿，根据矿物的不同性质采用不同的选矿方法，如浮选法、重选法或磁选法等。

山达克采用的是浮选法。

通俗来说，浮选就是把磨成面粉状的矿石加水加药，通过搅拌充气，表面上浮起了一层含有矿物质的泡沫，把这些泡沫收集起来叫粗选，获得的产品叫中矿。然后把这些含有矿物质的泡沫进行一次或多次再选，最后一次精选所得的含有矿物质的泡沫叫精矿。

以一吨矿石为例，通过浮选之后可以得到十千克左右含有金属的精矿，剩余的那些含水的泥沙等废物，叫作尾矿。

精矿浓缩过滤之后，转到冶炼厂进行冶炼，就会生产出粗铜，就可以作为产品拿出去卖了。

含水的尾矿需要排到尾矿库贮存。在这个连续生产的过程中，如果球磨机停机，尾矿通道堵塞，尾矿排不出去，就像人得了肠梗阻，排泄不畅就会导致停工。

选矿厂三天两头出事，经过几轮检查之后，邹建辉他们断定，这次依然不是机械问题，问题还是出在人身上。

怎么办？

山达克团队经过慎重讨论做出集体决策：批量换人。

这里需要解释一下的是，这批出事的选矿人员属于劳务派遣性质，也就是中冶资源开发公司与国内某矿业公司签订合同，由矿业公司派出选矿团队到山达克工作。现在队伍出了问题，就必须和矿业公司方面沟通更换人选事宜。

邹建辉之所以敢于拍这个板，是因为他早已做过布局，全立辉已经在国内冒着非典疫情招兵买马多时了。

具有国际视野的全立辉明白，国际人力资源和国内劳动合同不一样，国内就业都需要订立劳动合同，还有相应的社会保险作为保障，而出国以后则不尽然。但中国人还是喜欢按照中国的规矩办。在2003年招人的时候，公司就给中方人员上了二十万人民币的人身意外险，在当时来说确实很高了，算是给足了一部分想要出国工作的技术工人信心和安全感。

想要这些国内技术专家离乡背井到国外就业实属不易。为了保障他们物质基础，工资自然少不了，至少得开出比现有单位高的工资，才有一定的吸引力和竞争优势。与此同时还需要有一定的安全保障措施，甚至得把他们的探亲问题等考虑进去了。

　　在工资制定方面，按照不同工种、不同级别发放不等额工资。比如在全立辉的老家红透山铜矿，当时技术专家闻奎武的工资一个月两千多块钱，到了山达克那边肯定高很多。当时全立辉承诺他到山达克之后，月薪可以达到两千美元，比在国内翻了八倍。毕竟经验丰富的技术型人才，更值得项目花重金挖走。

　　尽管如此，在制定薪酬和福利的时候还是存在很多麻烦。在出国前，大家同样有很多问题悬而未决。出国工作的高工资的确很具诱惑力，但是一旦项目不用工了，大家回不到原单位，后路被断了怎么办？谁来为这些风险买单呢？

　　为了规避大家的风险问题，公司根据不同的情况签订不同的合同。一种是采用借调制，以单位对单位的形式，通过组织签订劳务合同，尽可能把他们的组织关系保留在原单位。比如在红透山方面的技术型人才，就是以这样的方式签订用工合同。这虽然是最理想的状态，但无形中也加重了山达克的负担，在支付工人工资的基础上，山达克还要给技术专家原单位一笔管理费。

　　另一种方式则相对简单，就是直接与工人签订劳务合同。

　　在招聘过程中，全立辉需要到全国各地的矿山精准地挖掘技术型人才，甚至需要依靠当地矿山的技术人员引荐，才能找寻到符合山达克要求的人才。在孙长胜的老家抚顺清原的红透山矿区，全立辉首先选中了当时的技术处长闻奎武。

让人喜出望外的是，闻奎武带着一个团队进驻了山达克铜金矿，其中包括经验丰富的选矿、采矿人员。

喜得一批精兵良将，得益于闻奎武不仅熟悉当地矿业，更知道当地的人员、结构内幕，谁能够胜任哪个技术工种他了如指掌，对于行业技术以及工业效益等更是了然于心。

除了抚顺红透山铜矿，还有鞍钢矿山、海城辽煤、甘肃金川和内蒙古白云鄂博等矿山，江西德兴铜矿更是技术人才的主要来源。这几个国内的老牌矿山企业，为公司提供了从采矿到选矿再到冶炼的熟练的技术工人。

全立辉陆陆续续招来的人，对巴基斯坦来说都属于技术管理人员，连签证都是以专业人员身份办理的。

在国内招人的这段时间，因为各地情况不同，还没有固定的标准方案，只能采取一些非常规手段，包括一些处级干部到山达克工作，采用的也是借调方式。

把在原单位工作稳定的专家撬出来，需要做大量的思想工作，既要跟他们分析现实情况，谈既得利益，又必须跟他们规划未来，跟他们谈家国情怀。

比如通过工资比较就是一个管用的手段。当你在原单位一个月拿两千块钱，到了山达克之后翻五番甚至八九番，快赶上一年的收入了，再给你提供一次出国的机会，算是开拓了你的眼界和思维，这算是物质和精神双赢。

最后，再给你一份高额的人生意外险，保障你的人身安全，哪怕遭遇不测，也能让你没有太多的后顾之忧。面对这样优厚的条件，你会不会动心？

毕竟，2003年的时候大家工资都不高，而且还有大量的下岗职工连工作都找不到。

当年山达克的专家中，最有代表性的要数现在仍然留在山达克的经验老到的技术骨干。他们在山达克坚守二十年，从三四十岁的青壮年，熬到了如今大都五六十岁。这些功勋之臣把后半生交给了山达克，也成为自己的人生赢家。

全立辉担任中冶资源开发公司人力资源总监的2003年，正是国内非典疫情最恐怖的时期。

因为非典疫情的原因，全立辉回国的时候没法直飞北京，只好从伊斯兰堡转道乌鲁木齐机场。在乌鲁木齐滞留一周之后，因为无法到北京，他只能选择回到辽宁沈阳老家，并马不停蹄地到红透山开启了搜人模式。随后，全立辉再从红透山辗转来到江西德兴铜业集团。

当时的全立辉还无法预知，在招人的路上，非典成为他的最大拦路虎。矿山虽然基本上在山区，很多地方也不让进人，比如江西德铜进不去，他只能在南昌待命。最后，全立辉只能冒险找了朋友的私家车，才进到矿山找相关领导谈合作。

全立辉的想法很简单，来一趟江西不容易，总不能空手而归吧。再说，山达克那边的项目正热火朝天，急需人手支援，这次回来挖人的任务不能扑空。

全立辉的这次招人之行，甚至拿出了大禹治水"三过家门而不入"的勇气和决心。全立辉担心，北京是非典肆虐的重点，要是自己回北京被困住了，一是没法继续去招人，二是回不到山达克了。回国后，哪怕非典有所松动的时候，他也没有回北京去见妻子和孩子，而是让妻子带着孩子到辽宁鞍山见了个面。

和家人匆匆见面以后，全立辉又赶往湖北大冶继续挖人。

冒着非典风险在全国各地招兵买马的经历，成了全立辉难得的人生经历。后来全立辉才知道，非典时期比二十年后的新冠疫情更吓人，毕竟非典的死亡率比新冠肺炎高很多。但是全立辉当时并不觉得。

全立辉冒着疫情传染的危险完成了招人任务。但是，人才虽然招到了，可非典影响并没有完全消退，北京是疫情重灾区，新招来的工作人员需要从北京出国，这成为必须考量的重要因素。

当时并没有包机的概念，全国各地的技术专家需要到北京办理签证后逐一送出国门。全立辉通过蚂蚁搬家的方式，把国内人员一批一批地输送到了山达克。

在艰难困苦的时候，无论机关部门还是各地派遣过来的年轻人，都成了山达克后来的中流砥柱。其中包括陈合生、蔡玉霖、晏国福、王道，以及来自湖北大冶的边湘宁、朱立中、谭军、郭国忠、胡先明、李田根，来自辽宁的苗锋、江西的王樟胜等，都是第一批进入山达克铜金矿的。

当时，公司一个月给他们三百到三百五十美元的工资，还给他们绘制了将来的宏伟蓝图。即便如此，有的人还是没能留下来。

被炒掉的那个团队在回国之前，经过多方交涉，2003年6月从国内安排了一个二十七人的团队，替换了部分山达克选矿人员，保证了山达克的正常运转。

五湖四海

邹建辉之所以做出壮士断腕的决策，根本原因还在于利益不均。前期来到山达克的工作人员，大多数是匆忙召集来的，他们在国内都是各方面的专家，为了把他们召集到山达克工作，孙长胜采取了多种合作方式，有劳务派遣，有个体加盟，还有友情帮忙。因此，公司答应他们的条件没有统一标准，很多都是口头约定，并没有落在纸面上。

导致矛盾的核心原因是孙长胜牺牲后，很多人害怕自己的利益受到冲击。又因为跟接任领导团队不熟悉，有人编造一些理由想浑水摸鱼获取一些不当利益，却又拿不出合理合法的证据来，所以就变着法子提条件，满足不了就撂挑子不干。

在一线工作的何绪平再有耐心，他也不免有了些火气。他对新来的团队说："各位兄弟，前边的队伍已经三番五次出事了，各位有什么要求尽管跟我提，但再胡闹耽误了生产，公司可就不客气了。如果耽误了工期，我给大家求情都没用。"

选矿厂第一拨闹事的走了，第二拨出问题又替换了，下一步再出事怎么办？

孙长胜牺牲后山达克出现重大变化，这是继任团队没有预料到的。现在山达克的每个人需求都不一样，如何求同存异，让整个生产流程进入正常运转状态才是当务之急。

邹建辉针对乱局和现状，提出了生产恢复期的十字方针：团结、诚信、高效、守纪、创新。后来，这也成为公司永不言弃的"扎根"精神的源头。

邹建辉之所以把团结放在第一位，是因为山达克的建设者来自五湖四海，既要强调中巴之间的和睦，又要注重中国员工内部的和谐。

邹建辉来到山达克一个月后，开始了春风化雨式的人员调整，并在调整前召开了领导层的全员大会。他在会上强调说："我小时候学过毛主席的《为人民服务》，现在我还能熟练背诵，我背诵给大家听听啊：我们都是来自五湖四海 ……我们的同志在困难的时候，要看到成绩，要看到光明，要提高我们的勇气……"

　　很多人想不明白邹建辉为什么突然背诵毛主席的这篇文章。就在大家面面相觑的时候，邹建辉解释说："这是毛主席1944年9月8日在张思德同志追悼会上所作演讲中的一段话。当时，抗日战争正处在十分艰苦的阶段，有许多困难需要克服。毛主席针对这一情况，讲述为人民服务的道理，号召大家团结起来，学习张思德同志为人民服务的精神。我们今天重温这篇文章是具有现实意义的，我们的带头人孙长胜同志为了山达克牺牲了，各位不管是从哪里来，都要克服地域主义、小团体主义，我们一定要讲大局，一定要让采、选、冶各个平台都正常运转起来，我们这些人才能很好地在这里工作和生活。只要任何环节出问题，谁都不能独善其身，这就是我为什么特别强调团结的重要性。各位可能觉得自己是江西人、甘肃人、湖北人，但在巴方兄弟心目当中，各位都是来自中国的专家，每个人代表着中国形象。中国专家是什么形象呢？除了专门的技术，还要有专家的高姿态、高风格、高风亮节！当然，在团结的同时，我们更要入乡随俗，要尊重当地的文化和理念。我们今天所在的俾路支省山达克，是巴基斯坦最偏远最荒凉的地区，在这种环境中能够生存下来就非常难，而且这里还是长期的殖民地，本地人不但排斥本国人，更会排斥我们这些外国人。这种情况下，我们就要讲大局、讲团结、讲五湖四海。如果我们每个人只打自己的小算盘，再把矛盾无限放大，内讧无法控制只能散伙，你们愿意吗?"

会场上顿时交头接耳议论起来，邹建辉的话显然触动了大家，纷纷说:"不愿意。"

除了晓之以理、动之以情，邹建辉还在山达克立规矩。这些规矩仅仅靠嘴巴说理念不行，要落实到制度上。

随后，由全立辉、何绪平等人牵头制定的各种规章制度，在山达克逐步建立起来。

庖丁解牛

让制度管人管事，让懂行的人做懂行的事，管专业的事。

邹建辉通过一个月的调研，深深感觉到山达克要尽快恢复生产，关键节点是解决选矿厂的问题。选矿厂矛盾最激烈问题也最多，干部扯皮不作为，员工消极怠工拉帮结派，小团体之间相互拆台使阴招，甚至打架斗殴。

既然主要矛盾出在选矿厂，那就抓住这个牛鼻子不放。

当时的选矿厂由王经理负责。邹建辉上任的头几个月，无论白天还是夜晚都要一个人去厂区、车间看看，了解一下工作现场的情况，以便对何时能恢复生产做到心里有底。

一天晚上，邹建辉来到选矿厂车间查看情况。当时正是设备大修期间，按照规定晚上也要赶工期。邹建辉到车间转了一圈儿，只看见几个巴方人员在工作，中方人员却一个也没有看到。

邹建辉回到职工宿舍溜达了几圈儿，也没有找到选矿厂领导的踪迹，最后发现王经理跟几个中方兄弟在小食堂正悄悄喝酒呢。

邹建辉忍不住推门进去。王经理一看邹建辉来了，当场站起来低头认错："邹总，我知道错了，下不为例，下不为例。一会儿我去现场转转。"

邹建辉严厉质问道："公司要求的三班倒开展检修，选矿厂怎么没有一个中方员工在岗？更没有一位干部在岗？你这样酒气熏天到现场去，怎么组织队伍工作？喝酒对巴方员工会造成什么影响，你清楚吗？"

王经理当然明白喝酒是个大错误，严重性不比在国内那么简单。别的问题都好说，但喝酒问题是公司领导多次强调过的：工作时间杜绝喝酒，节假日喝酒也要避开巴方人员。

要是在巴方兄弟面前喝酒，就是犯了天大的忌讳。

不准喝酒是穆斯林的一种生活习俗。中国人到巴基斯坦，必须不折不扣地尊重当地习俗。

王经理偷偷带人喝酒，在中国人看来本身不是事儿，但喝酒耽误工作，并可能影响巴方人员，就是犯了大忌。

邹建辉来到山达克的时候，虽然没有就工作问题提出要求，但他多次在公司工作会议上强调，夜晚必须有中方领导在车间值班，绝对不能在巴方面前出现喝酒现象。但邹建辉严肃强调的纪律，到了基层都被当成了耳旁风。

有章不循，有令不止，这是任何领导都不能容忍的。但念王经理他们是初犯，邹建辉也没过分追究。

时隔半个月后的一个晚上，邹建辉又去了趟选矿车间。这一次，邹建辉看到的还是没有任何领导值班。邹建辉没吭声，两个月后选矿厂王经理被换掉。

事实证明，解决了主要矛盾就如同庖丁解牛，其他小问题都会迎刃而解。选矿厂主要领导更换后，设备检修维护，从破碎、筛分、球磨、浮选到尾矿输送，选矿生产线在规定的时间内顺利打通，为公司全面投产创造了条件。

但邹建辉考虑的问题更多。因为中冶为山达克铜金矿取得中国政府优惠贷款两亿元人民币，这笔贷款是有时限的，到期必须偿还。必须尽快复生产，只有生产出粗铜来才会有效益，才有能力偿还贷款。

目前国际铜价很低，哪怕有一点点利润也要尽快生产，再不生产哪里有钱呀。

邹建辉那是一个急啊。

就在这个当口，中方内部又闹起了火并。采矿团队的人跟冶炼团队的人打起来了，打起来以后都罢工了。

采矿团队的人说："我不干了，你整个项目就得停，你看着办吧。"

这还不算，两家打完了以后还要找邹建辉闹事。一伙是革命老区出来的革命子弟，一帮是燕赵悲歌的慷慨之士。这两个地方的人都是不好惹的，性格比较暴烈。

最后，两个地域的中国人一起胡来，各自拿着工具火并起来了。眼看要出人命了，为控制局面，公司把当地的边防军和警察都请来了。

邹建辉把企图闹事的人单独放在一个屋，其他动手打架的人放不同的房间做工作。通过逐个击破，分别做工作，最后这场闹剧才得以平息。

事件平息后，邹建辉果断让全立辉联系国内的派遣公司，退掉带头闹事的三个人。

而在山达克现场，从2003年5月份开始，何绪平等人用大半年的时间调整队伍，把制度规范和各方的思想逐渐理顺起来，从各个单位的主要负责人和技术专家，到车间管理人员和主要岗位人员，都通过大浪淘沙的方式进行中巴人员的匹配合作，一个中国专家带一支三五人组成的巴方团队。这样，中方专家既是师傅，也是团队管理者，就像部队的班排结构，由此构成了山达克独特的人员管理体系。

关键岗位的人员安排到位后，建章立制是关键，让制度管人管事，也就是规范管理。

邹建辉所说的规范管理，就是要让懂行的人做懂行的事，管专业的事。采矿要用采矿专业的人做一把手，没有制度光靠人来管肯定是不行的。在2003年7月20日的生产例会上，邹建辉提出了在全公司启动五大管理体系建设的意见，随后就每个管理体系分别召开了专题会议，落实推进责任部门、责任人和时间要求，要求各个部门、各个生产单位、各个岗位，在年底前都要根据公司管理体系建立健全配套的管理办法、规程、流程和实施细则，规范和约束岗位行为，提高公司制度的执行力。

在胡发先的指导下，晏国福具体组织协调，推进相关主体责任部门制定了公司的五大管理体系，逐渐把制度建立起来。让每个领导干部都知道怎么管，不能瞎指挥。更重要的是，公司进一步明确了制度面前一律平等，要求员工做到的，干部应该首先做到。

对于山达克的最初经历，邹建辉的体会是：当一把手要体现一把手的管理意志，一把手在与不在现场，项目能够正常运营，这样的一把手才是合格的。如果一把手离开现场，现场就出乱子，或者现场离不开你，那你这个一把手就没当好。当领导，必须首先把每个人的长处用起来才行。这个人也许不适合这个岗位，调到另外一个岗位也许就是一把好手。当然，有些人德行实在不好，捣乱的时候影响了中国人的形象，那就没什么可说的，赶紧走人。说到底，山达克要能力，更要德行。

说穿了，就是用制度管人，而不仅仅是一把手的权威。

把合适的人摆到合适的岗位上面，然后用合适的制度去规范，缺了谁，公司依然能照常运转。

公司大胆起用能人，用制度管理人和事，妥善处理好各种矛盾。大家同心协力，共克难关，很快走出阴影，步入发展快车道。

七顾茅庐

《三国演义》中，刘备三顾茅庐请诸葛亮出山的故事流传至今。同类佳话的现实版也在山达克上演过，就是邹建辉七顾茅庐留住胡发先的故事。

胡发先是谁？邹建辉为什么七次登门邀请？

前边提到选矿厂出现的纠纷，导火索却出在冶炼上，准确地说是出在冶炼厂的带头人胡发先身上，出在胡发先手里那份关于待遇的保密协议上。

2002年冶炼专家胡发先来到山达克的时候正好五十岁。在此之前，他是湖北大冶冶炼厂的副厂长，领导安排他分管后勤。但胡发先多年都在冶炼炉边度过，突然改行干后勤非常不适应。

恰恰在这个时候孙长胜找上门来，开门见山对胡发先说：

"你这副厂长干得没意思，不如跟我去巴基斯坦，我们要在那里搞一个大铜矿。待遇你放心，比你在这里高很多，要是超额完成任务，另外给你奖励。"

孙长胜之所以来找胡发先，就冲着他在业内德高望重的冶炼专家身份。只要他登高一呼，很多青年技术骨干都会跟他走。请来胡发先一个人，就是请来一个国内顶尖的冶炼团队。

胡发先也有此意，连忙问："能比国内高多少？"

孙长胜说："这么说吧，出国工作的收入比国内高三倍以上，这是对所有人的标准。但你老胡不受这个限制，比如说我给你一吨矿石，你给我出一千克铜是基本标准。如果你给我出了两千克铜，那最后的效益是不一样的，你和你的团队的工资收入在三倍的基础上可以再翻番，而且上不封顶。当然，干砸了你自己也得认罚。"

胡发先是那种聪明绝顶又豪爽大气的人，也不客气："也就是说，如果我一个月一万块钱基本工资，超额完成任务，就可以变成两万了？"

"你这么理解，也没错！"孙长胜的回答斩钉截铁。

胡发先也毫不避让："敢签合同吗？"

孙长胜哈哈一笑："这有什么不敢的？怕你不放心，合同我都带来了，签字后你我各留一份，以免死无对证！"

孙长胜没想到，自己无心的一句玩笑话，竟然会一语成谶。

孙长胜之所以主动找胡发先签约，也有他的考虑。山达克刚进入恢复期，把生产流程的各个环节打通是重中之重，接下来还要按照年度生产计划完成任务。仅从冶炼的角度来说，山达克铜金矿从1996年到2002年已经停了好几年，打通冶炼环节存在很多技术难题，不给点特殊待遇，挖不到胡发先这么顶尖的团队，所以他咬咬牙就答应了。

孙长胜没想到，自己牺牲之后，这个问题成了胡发先与继任者邹建辉之间的一个重要冲突节点，并引发了连锁反应。

孙长胜牺牲时，胡发先担任冶炼厂经理。

胡发先对采矿、选矿、冶炼全流程都很在行，是个难得的人才，有能力，懂技术，又非常敬业。在山达克建设初期，胡发先是位标志性的关键人物，尤其是孙长胜牺牲后的关键时刻，邹建辉刚到山达克，他一旦离开，不但会使本来就不稳定的干部员工队伍瞬间垮塌，还会严重影响企业正常生产，整个团队都有垮掉的危险。

胡发先也清楚，孙长胜牺牲后，已经有好几拨人去找邹建辉谈条件，每次邹建辉都是笑而不答。问急了，邹建辉都微笑着问："有证据吗？有证据我们都认。"

口头说的事情搞不清真假，现在死无对证，邹建辉只能拿证据说话。来人一听，只好臊眉耷眼地走了。

胡发先明白新官不理旧账的道理，自己手里的这份合同，邹建辉会认账吗？胡发先在床上烙了无数个烙饼之后，还是在邹建辉到达山达克一个月之后，惴惴不安地拿出了那份他跟孙长胜签订的保密协议，悄悄找到了何绪平。

何绪平拿到协议一看，这个协议里冶炼团队的工资待遇，比其他单位高得多。如果按照这个协议执行，其他部门怎么办？

何绪平拿不准，更没有贸然下结论，除了跟胡发先推心置腹地讨论之外，又多方走访了跟随胡发先一起来山达克的人员。最后，何绪平搞清楚这个协议的来龙去脉：2002年胡发先带领冶炼团队来山达克，是孙长胜借用的技术团队，他们的人事关系还在大冶，他们来山达克的目的，一是帮助中冶完成任务，二是能赚到更多的钱。

胡发先和冶炼团队的想法一致：山达克生活艰苦，大家坚持受两年苦，挣点钱回家过日子。

胡发先是大冶团队的主心骨，谭军、郭国忠他们愿意跟着胡发先出去闯世界。冶炼团队来山达克的方式也不尽相同，有的把人事关系放在老家大冶，自己拿钱交着社保，都觉着万一干不下去了，回老家还有一个退路；还有的认为厂里效益不好，就从单位请长假来到山达克；还有的干脆来个不辞而别就跑出来了，在这种情况下，他们的社保就没人交了，甚至再回原单位工作都很难。从这个角度来说，他们已经自断退路，在利益上多争取点无可厚非。

而那些由单位集体派遣的团队却不一样。单位拿了中冶的管理费，派出人员到山达克工作，既保留工作关系又交着社保，他们是没有后顾之忧的。

了解到这些之后，何绪平拿着胡发先的协议找到邹建辉。邹建辉当然希望冶炼团队的人都能安心留下工作，不希望胡发先带头集体反水。

让胡发先安心的前提就是诚信，诚信就是按照合同办事。

胡发先不能走！当时邹建辉的第一个念头，就是想方设法把人留住。想留住胡发先谈何容易！恰恰这时候胡发先去意已决，坚决要求回国！

这样的宝贵人才邹建辉怎么会舍得让他走呢？尤其是他初来乍到急需人才的时候。怎么留住胡发先呢？邹建辉带着人事部全立辉经理，亲自登门挽留征求意见，做他的思想工作。

到了胡发先的住处一看，房门关着。邹建辉上前敲门，屋里传出有些烦躁的声音："谁呀，什么事？"

"我，邹建辉。来看看你。"

胡发先说："邹总呀，我身体不好，要回国治病。"

邹建辉贴着门说："胡总啊，你开开门，我和立辉来了，想找你好好聊聊。"

"没啥好聊的，我不干了，就想回国。"冰冷的话语像冷箭一样从门缝里射出来，刺得人心阵阵发凉。

"胡总，请你开开门，咱们当面聊聊好不好?"再叫门多次，里边没了声音，这分明是在下逐客令。

邹建辉和全立辉互相瞅一眼，默默走开了。

邹建辉清楚，胡发先是在因为报酬问题闹脾气。在此之前，孙长胜除了合同之外，给他个人承诺的报酬是多少，他是不是觉得新的总经理来了会不会变?他是不是心里没底但又不好意思说，所以就以辞职相威胁?

况且，胡发先这个人性格内向倔强，而且很精明。从山水滋润的湖北来到干旱少雨的山达克后，胡发先身体确实也不太好，五十二岁的年纪显得有些未老先衰。

还有一个鲜为人知的因素是，公司生产、管理、资金都归他管。孙长胜去世后，胡发先一下没有了依靠和指望，心里难受，也给身体造成一些不良的影响，加上邹建辉又一个月不表态，就提出来不想干了。

胡发先执意要回国不干，还有另一个原因是，他看不到山达克的希望。胡发先是常务副总经理，每周财务报表都要给他亲自过目，所以他最清楚公司的内幕和家底，账上有没有钱，还剩多少钱他都知道。账上的钱越花越少，那时候国际铜价又很低，山达克即便生产也可能赚不到钱，他的眉头就皱得越来越紧。

人生很多时候都会遇到一些渺茫的事情，有时候知道的事情越多，并不见得是好事。此时，知道公司底细的胡发先就格外忧心忡忡，甚至夜不能寐。

看不到山达克的希望和前途，而且现场各种矛盾叠加，各个部门各自为政，谁也没有办法协调，胡发先觉得公司已经到无力回天的境地。而邹建辉来山达克后，每天总是笑眯眯走走、看看、听听，也不急于表态，让人摸不清底牌。

一顾茅庐吃了个闭门羹，邹建辉并没往心里去，只能隔三岔五或自己一个人或和全立辉一起去登门看望慰问。有时候胡发先还故意躲避不见。但这并没有影响邹建辉的心情，反而激起他更大的兴趣来。

几天后，邹建辉一个人提着好酒、烟和罐头，趁夜色悄悄来到胡发先的住处。尽管邹建辉不太能喝酒，但关键时候也是能豁出去的。邹建辉进门后反客为主，老熟人似的坐下招呼："来来胡总，咱们喝点小酒解解闷。"

尽管胡发先有些不情愿，但毕竟邹建辉是自己顶头上司，他还是硬着头皮在邹建辉对面坐下，端起酒杯一仰脖喝了一大口。

邹建辉嘴角微微一翘，乐了。男人只要端起酒杯，这知心的话就能唠下去。

两人边喝边聊。邹建辉推心置腹地跟胡发先沟通，把他心中的疑问和想法全部释放出来。邹建辉说："第一，原来孙长胜承诺给你的待遇不变，孙长胜给你多少报酬我们也给你多少，这个不用担心，尽管你没说出来，但我们考虑到了。

第二，我们有中冶作为后盾，公司发展方向请你放心，走不偏。第三，我们的资金虽然用得差不多了，但是中冶肯定会全力支持，你不用担心后续资金问题。第四，我之所以不急于表态，就是要摸清底数，打仗还要知己知彼呢，我和公司都真诚地希望你能留下来。你要是拍拍屁股走人，整个摊子就散了。你是能冲锋陷阵的人，现在公司需要你，作为总经理我更需要你这个左膀右臂。今后你就放心大胆地干，有不舒服的地方就跟我提，哪些不合适的我就给你调，我全力支持你的工作。老兄呀，这关键时刻你必须帮兄弟一把呀！我完全信任你，完全支持你！"

邹建辉反复央求，而且说得实实在在，为的是取得胡发先的信任。

邹建辉把话都说到这份儿上，但胡发先仍无动于衷，只是默默地喝着酒，既不说行，也不说不行。

一而再，再而三，邹建辉锲而不舍地一次次去找胡发先，有时去住处，有时去冶炼厂胡发先的办公室。胡发先见邹建辉跟他讲的都是真心话、大实话，把心都掏出来给他看了，这么诚心诚意，就是块石头也被焐热乎了。

前前后后邹建辉七次登门拜访胡发先，最终胡发先打消了回国的念头，邹建辉脸上这才露出久违的笑容。

邹建辉的真诚感动了胡发先。他不但极力挽留胡发先，并一直非常信任胡发先，把一切生产的问题全部交给胡发先。

后来，只要邹建辉离开现场外出，都会在公司例会上明确授权胡发先在这期间行使总经理职权。一直到2011年胡发先患癌症去世前，一直担任常务副总经理。他的位置谁也没法撼动。

胡发先回国治疗期间，邹建辉带着中冶铜锌班子成员晏国福、蔡玉霖、王道等人到医院探望慰问。胡发先病逝后，邹建辉又带着在京干部赶到胡发先家里凭吊慰问。

后来，胡发先的女儿大学毕业需要在湖北老家找工作，公司想办法联系在武汉的兄弟公司帮助她解决。

正是邹建辉的七顾茅庐，才有了胡发先的呕心沥血，甚至把生命都留在了山达克。

珠落玉盘

第四章

中国勋章

中国企业海外生存的重要法则

一是要遵守国际规则

二是要体现以人为本的理念

三是与当地文化有机融合

四是要民心相通、互相支持

青春花火

◀ 五一中巴员工接力赛，奋力向前

▶ 我来仔细看看

▶ 2003 年出铜典礼

▶ 2003 年 7 月 30 日冶炼开炉

◀ 粗铜成品区

▶ 2003 年 8 月山达克出铜仪式

调兵遣将

邹建辉刚到山达克的时候，就是一个光杆司令，在现场没有自己曾经熟络的同事。他对挖矿、选矿一窍不通，有些专业问题上难免指望大伙，而且这些人还是自己的手下。有些人见邹建辉态度和善，也不惧怕他，遇到问题的时候作壁上观。

邹建辉看这局势，觉得必须多储备一些技术骨干方好，这些得力干将既能成为公司的左膀右臂，更能及早从快培养长远人才。

邹建辉与决策层商议后，大伙着手开始从国内调兵遣将，充实山达克的管理技术团队。他第一个想到的是设备人才，因为人员调整完成以后，生产设备的配套搞不好，生产环节衔接不起来，说什么都没用。

在矿山机械设备方面，邹建辉首先想的人选就是魏盛远。

魏盛远是辽宁丹东人，1978年考入东北工学院，所学的专业就是矿山机械，1982年毕业后又继续在东北工学院攻读闻邦椿院士的硕士研究生，1985年毕业后分配到中冶集团设备研究院，与邹建辉成为同事。魏盛远参加工作后，主要从事矿山设备科研、设计工作，在设备研究院先后任工程师、高级工程师、教授级高级工程师，并获得国务院特殊津贴。他先后承担了冶金部、国家黄金管理局等多项省部级科研攻关项目，获得多项省部级科技进步奖，担任全国矿山机械标准化技术委员会副主任委员。

邹建辉虽然年龄小一点，却是魏盛远的领导。因为性格上的互补和工作上的默契，两人私交一直不错。

魏盛远是那种执行力特别强的人，而且性格温和宽厚，是那种能被大多数人接受的老好人。

当年在中冶设备研究院工作时，邹建辉是副院长兼设备公司的总经理，魏盛远则是设备研究院机械设备研究专家，而且是学矿山机械出身的设备专家。

在邹建辉看来，山达克的设备运转，非他莫属。随即，邹建辉打电话给魏盛远："老哥，我这里特别缺您这种学矿山出身的设备专家，您能不能帮帮我？哪怕帮上三五个月都行啊。"

魏盛远比邹建辉大两岁，尽管两人是上下级关系，但邹建辉还是喜欢尊称魏盛远一声老哥。

　　魏盛远这人实在，连磕巴都没打："你需要，我就去呗。"

　　其实，邹建辉并不知道，当时的魏盛远不愿去山达克工作。他的职业规划是做科研和设计，力争在专业上有所建树，而且在这个领域内也取得一些成就。要是去山达克工作对专业发展肯定不利，况且山达克项目危险又偏远，远离家人，老婆孩子还需要照顾，再者魏盛远也不是争强好胜的那种人，对当官兴趣不大。

　　可是，大家都是中冶的人，邹建辉邀请魏盛远，说到底是为了工作，为了国家。偏偏邹建辉没拿工作说事儿，只谈兄弟感情。魏盛远觉得，邹建辉是好兄弟，平时在国内对自己也挺关照，现在邹建辉有困难，想让自己去帮几天忙，能好意思不去吗？

　　征得魏盛远本人同意后，邹建辉就直接打电话找院长说："我想让魏盛远来帮帮忙，您一定得批准呀。"

　　院长的回答让邹建辉很为难："老魏我还正用着呢，他还负责缅甸项目的几个设备，他要是走了的话，缅甸那边不就耽误了吗？老弟啊，你得体谅体谅我，上边把你挖走了，你也不能反过来再挖娘家的墙脚啊，是不是？"

　　邹建辉哈哈一笑说："我也就是临时借用一下魏盛远，耽误不了您的事儿，您看这样行不行，先让魏盛远来巴基斯坦看看情况，他要是觉着不舒服呢就回去，您要是离不开魏盛远呢，随时可以把他叫回去。我呢，也不白用咱研究院的人，我们把山达克设备备件采购的国内业务，交给咱们院里来做，算是对院里大力支持的一点回报，您看这样行不行?"

院长一听，邹建辉这是临时借用魏盛远，还把设备采购业务给院里，这可是千万级别的大买卖啊，他忙不迭地同意了。

要出国工作，恋家的魏盛远需要征求家人的意见。他跟妻子说："建辉在巴基斯坦项目急需管理技术人员，尤其矿山方面，让我去帮帮他。我对矿山机械比较熟，我去帮帮忙就回来，也就是临时性的，最长四五个月。"

妻子一听是临时帮忙，连忙说："你俩好兄弟，人家遇到困难，咱不能不去啊，快去快回啊。"

"好嘞!"魏盛远心里暗喜，连忙收拾行李，准备有关资料，直奔山达克而去。其实，连他自己都没想到，这一去就是十六年。

魏盛远与当时从设备院借调专家樊立波和周洪武律师一起于2003年3月28日启程，从北京坐飞机先到巴基斯坦首都伊斯兰堡，再从伊斯兰堡到奎达，然后坐车奔赴山达克。启程前，设备研究院王太辰院长专门为赴巴基斯坦人员送行。

历史就像一根绵延不绝的绳索，牵引着前仆后继的山达克人。绕过祖国的千山万水，会集到巴基斯坦遥远的边陲之地，当年这些开拓者们不会想到，沿着他们一遍一遍的道路，数以千计的后来者源源不断来到这块不毛之地，在未来的日子里见证了中巴金子般的友谊，历久弥新。就像邹建辉和何绪平他们看到的沿途景色一样，从奎达到山达克的十多个小时里，魏盛远沿途看到的除了黑黢黢的群山，就是一望无际的茫茫戈壁。只是在魏盛远的眼里，这里的山就像火山喷射出的岩浆凝固而成。因为没有什么植被，戈壁上的地形地貌就像一幅幅单调的油画。

魏盛远2003年3月30日到了山达克，仅仅比邹建辉晚了三周。

魏盛远到山达克后担任质量技术部经理，负责项目质量、安全和设备的管理。魏盛远马不停蹄进入生产现场了解情况，与各现场维修、操作人员交流。魏盛远发现情况比他想象的还要严峻：一是人员方面。采矿、选矿、冶炼主体的队伍来自不同单位，选矿厂以江铜为主，冶炼厂以大冶有色冶炼厂为主，除了中冶本部少数人，全国各地几乎哪儿都有。由于各地生产管理模式、工作方式、生活习惯差异，出发点的不同，相互之间难免存在矛盾和冲突。二是设备方面。由于设备闲置多年，老化陈旧，受资金和检修时间限制，项目现场整体流程尽管打通，但生产过程极不稳定，设备问题频发，生产能力与设计指标相差较大。三是经济效益与员工待遇。由于当时国际铜价很低，企业很难有效益，员工的待遇不高，与国内企业相比，优势不明显。

　　了解情况之后，魏盛远感觉信心不大。国际铜价这么低，真要投入生产很可能入不敷出，而且设备正在恢复运行阶段，时不时就会出问题。矿山的正常运转，设备是基础，基础不牢地动山摇。与此同时，各方人员结构松散，又不团结，要让队伍正规起来，困难重重。

　　但魏盛远当时的心态是，反正我是来帮忙的，踏踏实实地做好自己分担的工作就行了，其他的事情邹建辉自然会考虑。至于山达克长远的事情，魏盛远根本没放在心上，因为他觉得那不是自己考虑的事情。

　　魏盛远所考虑的只有设备问题，他推心置腹地问邹建辉："国际铜价这么低，咱们前期的两个亿用不了多久就赔进去了。这个价格要是不变，下一步咱们可怎么办呀？"

　　邹建辉也无法预知未来。他安抚魏盛远说："铜价的事情到时候再说，你先把设备捋顺了，不影响生产就好。"

　　魏盛远问邹建辉："原来的设备管理都放在各个部门，谁用谁管。设备是生产的基础和根本，公司不把设备管起来不行。下边的兄弟只管用，坏了可不管修啊。"

　　邹建辉顺水推舟说："老兄，您是机械专家，谁也糊弄不了您，那您就去把它管起来吧。"

　　魏盛远说："行吧。"

　　魏盛远接手设备管理，解除了邹建辉的一块心病。

　　在山达克现场，当时急用设备的备件缺少很多，而且公司资金缺口太大，买个备件还要邹建辉到处去借钱。最后，还是在邹建辉指示下，公司与巴基斯坦国民银行签订了一个融资合同，从当地银行取得贷款五百万美元的额度，解了设备资金短缺的燃眉之急。

魏盛远答应邹建辉的最长期限，是在山达克工作五个月。满五个月的时候，魏盛远说："现在粗铜出来了，生产进入正轨了，那我回国了。"

邹建辉没说什么，他得履行诺言："你回吧。"

魏盛远果然买了机票就回国了。他是个守信用的男人，包括对爱人的承诺，在巴基斯坦工作五个月左右就回来了。

这边邹建辉可就急了。他觉得魏盛远冲着兄弟友谊，在山达克又是自己的左膀右臂，干起来也很顺手，这次回国只是安顿一下，很快会回来的。因此，魏盛远要回国的时候，他觉得凭多年的默契，兄弟之间不需要多说什么。

可邹建辉万万没想到，魏盛远回国之后，再也没动回山达克的念头，连电话都不打了。

邹建辉等了好久，见魏盛远也不跟自己联系，一个电话追了过去："家里安排好了吗？安排好了赶紧回来，这边还一摊子事儿等着你呢。"

魏盛远跟邹建辉说："山达克现场我不去了吧，无论是设备还是技术，我在国内照样能帮你做一些啊。"

邹建辉哪里是轻易松口的人啊："老哥啊，您都看到了，山达克确实缺人呀，你说我能离开你吗?"

魏盛远诉苦说:"我儿子正在小学升初中的关口，孩子学校离家又远，家里家外就媳妇一个人忙活，要接送孩子还要上班，这五个月已经快崩溃了。她一个人实在忙活不过来呀。"

这点理由能难住邹建辉吗?邹建辉当即表态说:"老哥，送孩子上学的事儿好办，你把嫂子哄好，孩子上学接送的事我来包办。我立即安排国内的朋友把孩子转到寄宿学校，每周接送一次孩子，这样可以了吧?老哥啊，你哄好嫂夫人就赶快回来吧，山达克实在离不了您呀!"

邹建辉这么一说软乎话，魏盛远的心也就软了。谁都是一头是老婆孩子，另一头是事业。两头都重要，舍弃哪头都不忍心。

海外坚守靠的是大家的咬牙坚持。魏盛远咬咬牙，安抚好家人后再次回到山达克。从此，他们人生的后半程就留在了山达克。

魏盛远再回到山达克之后，从部门主任晋升为公司总工程师，担负起公司技术方面的重任。

公司先安排司机帮魏盛远接送孩子，后来又托人把孩子调整到学校的国际部就读，每周回家一次。这样一来，魏盛远就踏踏实实扎根山达克了。其实，大多数留守在山达克的同事，也总是被公司用各种人性化的关怀得到化解。

魏盛远从2003年到山达克工作，直到2018年临近退休回到国内，其间只回京过了一个春节，还是因为那年春节要回国参加公司的党代会。其他所有的春节，魏盛远都焊在了山达克现场。大部分现场的同事基本都如同魏盛远的轨迹，责任奉献与家国情怀流淌在山达克人身上。

二十年，在人类的历史长河里显得如此渺小。历史又是具象的，我们提起"巴铁"的时候，总是悠然响起"比山高、比海深、比蜜甜"这些耳熟能详的词句，可这背后却是饱含着像魏盛远一样的一批中冶人，一群人的曾经犹豫、几度徘徊，但又一次次坚守，一次次抵御人心难以承受的寂寞、枯燥、坚韧不拔、敢于担当，将山达克的"扎根"精神化为未来一铲铲矿石、一块块粗铜，惠泽着当地人民，铸就了一段令人称颂的中巴民间故事。

流金岁月

邹建辉、魏盛远、何绪平等人先后来到山达克后，经过半年的机械调试和人员结构调整，到2003年8月，山达克生产出第一批金光闪闪的粗铜。

2003年8月6日，是山达克获得重生的日子。

这一天，山达克现场举行了隆重的冶炼出铜庆典活动。

这一天，是中巴双方盼望了很多年的日子。

这一天，山达克高朋满座，中巴双方领导人和各级官员云集山达克。

这一天，所有人都在纪念这个可载入巴基斯坦有色金属历史的时刻。

出铜仪式结束后，时任中冶董事长看到山达克的艰苦环境，感慨地开了个玩笑说："在山达克这么艰苦的地方，我个人觉得，大家犯点什么错，只要不是反党、反国家、反革命，都是情有可原的。"

去过山达克的人都会理解这句话的意思，把任何人扔在金新月这个荒蛮之地，就是个十恶不赦的罪犯也会恐惧、寂寞、内心冰冷。

这么说吧，在山达克你就是一个死刑犯，给你足够的水和食物让你跑，你都跑不出去这片荒漠戈壁。除了酷热难耐的荒漠，时聚时散的各种武装势力持枪拦路，还有各种不知名的野兽。

说句难听的话，山达克就是一个开放的监狱，让你跑都不敢跑也跑不脱的监狱。

但就是这么一个荒蛮之地，以邹建辉、魏盛远、何绪平为代表的中国人硬是在这里扎下根来，会聚于此的中国人除了台湾、西藏外遍布全国所有省份，发扬"一天也不耽误，一天也不懈怠"的企业精神，以山达克人一往无前的进取精神和波澜壮阔的创业激情，共同守护着异国他乡的家园，谱写山达克人自强不息、顽强奋斗的壮丽篇章，成就了巴基斯坦工业发展的伟业，改变了边陲之地曾经世世代代赤贫的岁月，中巴携手在这里开出第一束铜花并绵延不绝，打造出一座金光闪闪的中国城。

魏盛远和他的同事为了让山达克尽快投入生产，全身心投入设备恢复之中。魏盛远不仅重情重义、尽职尽责，身为专家出身的他，更加爱惜专业人才。

魏盛远到选矿厂检修设备的时候，发现有名年轻的工程师，在电器改造方面非常专业，但每次干完活之后，就静悄悄地躲到一边去抽烟，根本不跟选矿厂的其他人说话。

魏盛远观察了几次之后，就发现他的口音与成建制来山达克的选矿团队的人完全不同。他似乎明白了什么，私下一打听，这位电气工程师来自辽宁，跟选矿厂的人性格上不太对付，谁也看不上谁。

魏盛远清楚，有能耐的人都有性格。这位辽宁工程师能力很强个性也很强。不久之后，他就提出不想在这里干了，坚决要求回国。

魏盛远舍不得这么好的技术人才。他就以老乡的名义找他谈心，做思想工作。

与此同时，魏盛远又去做选矿厂经理的工作："这个人在的话，你们的设备保障就好，他走了你可就转不动了。你单位的功劳，不都是你经理的功劳吗?"

选矿厂经理也一肚子委屈:"我对手下可都是平等对待啊，我可没亏待他。只是他依仗着自己水平高，谁都瞧不上，还嫌自己的收入低，吵吵着要提高待遇，因此跟大家都不对付。说实话，他是自找难看惹了众怒。你说我站在哪一边啊? 单独给他涨工资也说不过去，不患寡而患不均，我总不能为了他得罪所有人吧?"

魏盛远又去找邹建辉:"这个东北来的工程师技术不错，他留在选矿厂设备保障就没问题。但因为工资待遇太低，又跟别人合不来，他想回国。他要走了对咱们可是挺大的损失。我这个总工说话不好使，你是总经理，你出面做做工作，相对来说别人容易接受一些。其实就一条，给这个人的待遇适当提高那么一点。"

邹建辉爽快地答应说:"多简单点事儿啊，车间和选矿厂要是不能满足他提的要求，差额部分由总经理奖励基金里面给他出一部分，不就把问题解决了吗? 至于他的人缘问题，那还要他自己去处理。"

邹建辉亲自去做工作给足了面子，又给他提高了待遇，也给足了实惠，这位工程师最后留了下来，气也顺了，与大家的交流也就客气了许多。加上选矿厂经理和邹建辉都发话了，别人也不好意思合伙挤对他，选矿厂的设备保障问题迎刃而解。

通过这个方式，邹建辉和魏盛远不但解决了人的矛盾，挽留住了技术人才，也保障了生产的顺畅。这其实只是山达克人才管理的一次缩影。山达克不断用真情、温情、亲情连接彼此，形成了山达克独有的用人特色。后也总有人相继离开山达克，但几乎所有曾经在山达克留下痕迹的故人，总会对山达克饱怀深情，这又何尝不是一笔中巴友谊传播的最好注脚。

魏盛远留在山达克的想法比较简单。他认为自己不适合当官，之前在国内一直搞科研，他的目标就是在冶金领域做个小有名气的设备专家就足够了。

魏盛远在到山达克之前，一直担任全国矿山机械标准化技术委员会副主任委员，因为他在矿山机械领域名气较大，每年的全国机械会议都会邀请魏盛远参加。但魏盛远到山达克后，再也没有参加这类会议。尽管如此，他在委员会的职务一直保留着。

来到山达克之后，魏盛远自己都没有想到，他从一个专家慢慢过渡到管理人员，又从一个普通中层干部，担任山达克的总经理达十年之久，成为山达克历史上在位时间最长的总经理。

除了自身执行力强的因素之外，魏盛远非常感谢邹建辉的知人善任。当然，他也没有辜负邹建辉这个伯乐。

魏盛远在山达克工作了整整十六年，结合自己的专业知识和现场具体情况，会同现场的山达克同事，解决了一个又一个难题，攀登了一道又一道高峰。

如此快速恢复生产，连中冶集团的领导都惊讶。当然，让中冶集团领导吃惊的事还在后面呢。

山达克铜金矿在南亚地区是第一大铜矿。但身在其中的所有山达克人都清楚地认为，以山达克的资源量，在中国的矿业公司眼里规模肯定远远不够，需要继续开发周边资源。

山达克进入良性循环之后，邹建辉目光盯上了杜达铅锌矿项目。

杜达铅锌矿这个项目，之前是由澳大利亚的一家勘探公司勘探，但勘探之后因为种种原因没有继续开采。澳大利亚人撤离之后，邹建辉详细了解了他们留下的勘探资料，经过一番可行性研究，认为这个项目可以做。

尽管山达克租赁当时仅有十年的短期合约，但出于中巴友谊和帮助巴铁的初心，这些走出去的先驱们开始为巴基斯坦有色金属工业更远的路着想。他们构想着尽力帮这个毫无工业基础的兄弟多夯实一些基础、多积累一些技术、多储备一些人才。为此他们有着超出当前利益的更为宏远的目标，想尽力将杜达铅锌矿建起来。

山达克的决策者们敏锐地洞察着现在还有未来，他们不只看眼前，而且着眼于未来五年十年甚至更远之后的前景。澳大利亚人之所以撤出这个杜达铅锌矿项目，就是因为那个时候铅锌价格很低，每吨也就是一千五百美元左右，谁开发谁亏损。

但邹建辉却认为，市场价格最低的时候，正是开发的最好时机。所以公司很快把注意力从山达克转移到了杜达。

邹建辉带队做可行性研究的时候，铅锌矿的价格已涨到每吨一千九百美元。当公司正式向巴方提交签约合同的时候，投入与产出已经可以持平了。等杜达铅锌矿投产的时候，已经实现了盈利，而且利润越来越高。

中冶集团在巴基斯坦有两个项目，中冶资源和杜达公司。邹建辉做完杜达项目之后，接着又去阿富汗开发了艾娜克项目。

艾娜克项目是邹建辉的前任孙长胜未竟的心愿，孙长胜团队早已关注上了与山达克同一矿脉、业间闻名的艾娜克项目。为了开发艾娜克铜矿，孙长胜献出了生命。继任者邹建辉明白开发艾娜克的意义，在阿富汗战乱的情况下，邹建辉希望把孙长胜的遗愿变为现实。

如果说孙长胜是山达克矿业的开拓者，那么，以温文尔雅的邹建辉为代表的团队就是南亚地区矿业开发的集大成者，魏盛远团队则是山达克的守成者，而何绪平继承者们又是新时期的探索者。

邹建辉和他的团队成就了中冶集团在巴基斯坦最辉煌的时代。巴基斯坦山达克铜金矿、杜达铅锌矿，阿富汗的艾娜克铜矿，这三个项目都在邹建辉团队中奠定基业。

三个矿业公司在地理上形成了掎角之势，在产业上做到了互补。

在此基础上，中冶公司于2007年成立了中冶铜锌公司。也就是说，山达克铜金矿、杜达铅锌矿和艾娜克铜矿这三个子公司，共同催生了中冶铜锌。

邹建辉身兼数职，一年到头基本上都在各地飞来飞去，山达克现场的工作，主要由胡发先和魏盛远打理。

邹建辉从2003年到达山达克，在山达克生活工作了三年多。后来他把山达克现场的工作交给了魏盛远和胡发先，自己则是运筹帷幄，决策于千里之外。

金色勋章

很多人都会关注中冶铜锌公司的人在海外怎么战天斗地，如何在人类命运共同体建设中与当地人民其乐融融。但在发展过程中，我们和巴方兄弟怎么和谐共处，这才是中国企业走出去的核心问题，也是山达克之所以成为"一带一路"经济上一枚闪闪发光的金色勋章，成为中巴经济走廊上一座闪亮标杆的根本原因。

当然，中国企业走出去，德行问题实际上也是中国文化和中华文明与其他文明融合的重要问题。

这个问题的核心，在西方管理者看来是规则，而何绪平却总结为简单的两个字：德行。

德行就是中国人的金色勋章。那么，接棒魏盛远担任总经理之后的何绪平为何要特别强调德行呢？

在中国人到达山达克之前，金新月地区数百公里内只有几个散落的聚住区，像样的村镇只有金新月的核心塔夫坦镇，除此之外就是随着山达克兴起的部族村落。这里的多数人靠放羊维持生计，有些人甚至靠种植罂粟为生。随着中国人到来后，围绕着山达克铜金矿才慢慢聚集起一个个小村落，最后形成了一座中国城。

当地的牧羊人扔掉放羊的鞭子就变成了山达克的产业工人，对技术、管理规范等很多东西都很陌生，更谈不上什么规矩意识。

中国人要想在山达克长期生存下去，首先要凝聚和团结当地人。来到山达克的中国人三分之一是党员，我们可以要求党员在特殊环境中带头做榜样，当标杆搞团结，要求他们爱岗敬业和奉献精神，时时刻刻冲在前面，与巴方兄弟同甘苦共命运。但巴方兄弟不是共产党员，我们怎么能用党员标准来要求他们呢？

中方人员绝大多数是技术专家，在巴方兄弟面前，专家就要显示出专家的水平、专家的样子、专家的表率。除了专业技能让他们佩服我们外，还要与巴方兄弟组成一个大家庭。除了守规矩，重德行就成为重要标准。

人人生而平等，只有相同的道德品质的人，才能在一起同气连枝意气相投。

之所以强调德行，也有一段故事。何绪平在担任人事部经理的时候，从一个小细节中发现了问题。有一次下班之后，何绪平碰见一个巴方员工，耷拉着头一脸不高兴。刚开始学习乌尔都语的何绪平忍不住上前搭话，中英文加上乌尔都语再加上手脚并用的一番比画，何绪平就明白了巴方兄弟的满腹牢骚："我上了二十天班，却只发了十五天的奖金，那几天我确实迟到了几分钟，但这几分钟却损失了不少钱。"

何绪平心里清楚，在山达克，除了团结就是诚信，公司确定的薪酬，巴方兄弟怎么会拿不到呢？

何绪平自然而然地想到了这个部门的负责人。按照公司制度，部门负责人根据每个员工的贡献大小，按照考核办法进行分配，这就给了中方负责人一定的自由裁量权。

何绪平一下就明白了。负责发钱的那个中方管理者平时就欺上瞒下，对上面总是表志摆功，对下面却非常苛刻，在中国人内部为了点鸡毛蒜皮的事都斤斤计较，何况对待语言不通的巴方兄弟。

但这个自由裁量权是建立在公平公正基础上的，不能因为你说了算，就随便克扣巴方兄弟。

何绪平发现问题后并没有张扬，而是悄悄找到那位负责人说："你必须改正你的分配模式，公司给你一万元的自主权，本来就是一个奖勤罚懒的激励机制，但你只发下去八千元，剩下的不管是给了自己亲近的人，还是自己挪用了，都算你的责任，你要不立即改正，我直接从你的工资里面扣除。"

那个中方负责人还在犟嘴："我没克扣军饷！"

何绪平腾地站了起来："我是从农村出来的，你也是，如果你辛辛苦苦干了一年，生产队分粮食少分你家一半，全家人都要饿肚子甚至饿死，你愿意吗？我想你不愿意吧？"

那人继续犟嘴："我是按照公司规矩办的！"

何绪平双眼圆睁，一拍桌子问道："按规矩一视同仁，在收入分配上，不患寡而患不均。你多扣了人家巴方兄弟的钱，一次两次人家不知道，等人家知道了，会找你我造反火并的。人力资源部门必须坚持原则、主持公道，如果这次我们不帮巴方兄弟问清楚，这位巴方兄弟是不知道的，要是附近部落的兄弟，人家要集体闹罢工的！如果他们对中方个别领导不信任，接下来就是对公司也不信任，最起码人家不会安心留下来工作。"

对方的火气也不小："不用你教训我，我分管的部门，我说了算，你说了不算。"

何绪平见他油盐不进，一副浑不论的样子，只好冷冷地提醒说："作为领导者，首先心里要有一杆公平秤，这样大家才会信任你。在执行政策的时候，必须告诉大家规则是怎么定的，每个人都要清楚钱怎么分配，自己应该得多少，每一笔钱的发放都要让大家心服口服、心中有数。我言尽于此，你自己看着办吧。"

这次不欢而散的谈话之后，何绪平很快查清了中巴双方人员的收入情况。这一查不要紧，果然其中的猫腻还不少。干着同样的工作的两个人，每月竟然相差两千多块钱，这个差距就太大了。如果差几块钱、几百块钱，何绪平可以睁一只眼闭一只眼，差距太大就会动摇根本，人力资源部门必须把关。

根据这个情况，何绪平向公司提出建议，在山达克的所有工作人员生活费全部免除，每人每月只发五十美元的零花钱。

这笔零花钱只是用来买牙膏牙刷的，并不计入工资。以中方员工为例，他们的工资每年大约八万元到十二万元人民币，所有工资收入全部通过银行打到个人账户上。而在国内，当时绝大多数人的收入只不过两三万元人民币，山达克的收入比国内高三到五倍。

工资打到他们国内的个人银行账户上，谁怎么处理自己的钱就是自己的事了。

巴方人员的工资发放，公司收回了基层管理者的自由裁量权，也由公司直接打到他们的银行卡上。

被剥夺了权力的那位基层管理者当然不服，来找何绪平理论。何绪平推心置腹地说："公司给你的自由裁量权，你把钱发到自己的亲信手里，却寒了巴方兄弟的心。咱们中国人来山达克，是跟人家巴方兄弟交朋友的，你这么苛刻，等于帮着公司把当地人得罪了。人家轻则辞职，重则造反火并，平等和感情是公司用多少钱都买不回来的。你说怎么办？"

那个负责人说："我又有什么办法啊？我把钱吐出来，然后辞职回国吧。"

何绪平冷冷地说："辞职倒不用，但你内心的天平再也不能倾斜。我们中国人是人，巴方兄弟也是人，同工同酬、一视同仁没有错吧？我们在山达克的中方员工有二三百人，其中有一半都是工作多年的老职工，为什么大家愿意留下来？这是因为我们所有的兄弟都是有爱的，爱家庭、爱国家，因为有爱才有责任，是责任让我们选择了坚守在这里。我能理解你，再多的苦你愿意吃，愿意在山达克扎下根来，而且你在专业上是好样的，但做人要有德行有格局，不能因为这点小钱丢了中国人的脸面。"

听到这里，那位负责人低下了头。

何绪平说得没错，很多人之所以能够长期留在山达克，靠的就是坚韧不拔的精神，愿意在奉献之中收获快乐。

何绪平进入山达克之后，从人力资源经理到总经理助理，一直把主要精力放在人力资源上。后来领导逐级给他压担子，从总经理助理升任副总经理，又让他分管办公室、党务和宣传工作。在这一过程中，何绪平一直考虑着如何在山达克营造一个拴心留人的环境。从他自己来说，最初也是抱着出来干两年长长见识的想法，没想到一干就是二十年。那么，怎么从政策上让大家心甘情愿留下来呢？

为此，公司制定了逐级加码的激励措施。比如，如果一个员工在山达克工作一年有十万元收入的话，从第二年开始，每年可以多拿一万元，工作到第四年，除了正常升职外，可以多拿四万元。如果工作满五年，家里人可以来到山达克一起生活，单位承担所有费用。

这是一个逐级加码的长期政策，除了物质待遇之外，还要提升大家的精神生活。以员工休假政策为例，之前是一年回国休假一个月，后来又变成一年休假两个月，可以一次性休假，也可以一年休假两次。之所以把政策定得这么灵活，就是想让大家在国外的事业和国内的家庭都兼顾到。

无论对巴方员工还是中方员工，都一视同仁，一碗水端平。为了让所有中方技术人员看到公司的真诚，安心扎根山达克，何绪平积极联系各位专家的原单位，促成各种方式的合作关系，逐步解决他们的后顾之忧。最直观的体现，就是解决所有人的社保问题。

这不是一个简单的工作问题，而是一个以人为本的大问题。来山达克的中国专家除了劳务派遣外，有的是借调的，有的是辞职来的，还有一些是偷偷跑出来的。他们的人事关系在国内各个企业，单位当然就会催他们回去，甚至以开除相威胁逼他们回去。但他们在山达克收入比国内高好几倍，又不想回去，怎么办？

山达克决策者要解决的就是这个挠头问题。

还有一种情况，就是单位派遣，这种方式有利也有弊。派什么人到山达克都是国内合作单位说了算。国内合作方派来的难免夹带人情，要么是他们有关系的人，要么就是技术不好的人，而山达克想要的人他们却不派。这种情况下，从技术保障到安全管理，甚至包括与巴方的合作交流，都会造成很大的障碍。

怎么把人事关系理顺呢？山达克决策者集思广益，他们采取了很多办法，现场的优秀人才要做工作留下来，除了谈个人利益之外，还要谈为国争光，谈中巴友谊，谈每个人都代表国家的脸面。

在山达克的工作人员中，中方毕竟是少数，只占百分之十五左右，而巴方的人占绝大多数，也就是在一个中国人周围，基本上围绕着三到五个巴基斯坦人。到了这个时候，除了技术过硬，做人的德行就很重要了。

因此在解决人事关系的时候，山达克总是把做人的德行看得很重。德行不好的人，会毫不客气地开掉。而那些德行好的人，头拱地也要把他们留在山达克。

通过几年的努力，何绪平和他的同事几乎跑遍了国内冶金系统的多个厂家。在他们的努力下，很多公司网开一面给予照顾，比如那些瞒着单位偷跑到山达克的人，原单位收回了开除处理决定，社保又接续上了。当然，中冶资源因此主动承担了借调费，这些费用里面已经包含了员工的社保费用。在何绪平等人的努力下，到2008年，所有社保和工作关系在原单位的人员都在原单位继续缴纳社保，解决了人人牵挂的后顾之忧。

通过这些努力，来山达克工作的中巴双方员工，全部安心扎根在山达克。有些心里本来不踏实的人，一看中冶资源非常诚信，为了安心在山达克工作，干脆回国辞职了。

矿石品位

中冶集团铜锌有限公司成立之后，邹建辉出任总经理和董事长，中冶资源开发公司就成了中冶铜锌的下属公司。此时的邹建辉同时管理着巴基斯坦的山达克铜金矿、杜达铅锌矿和阿富汗的艾娜克铜矿，他就不可能把精力全部投入山达克了。

在此后的人事安排中，邹建辉兼任中冶资源公司董事长，魏盛远担任中冶资源公司总经理，胡发先担任常务副总经理，常驻山达克现场。

邹建辉之所以选中魏盛远担任总经理这一重要职务，并非魏盛远是自己的嫡系，而是他除了具有超强的执行力之外，更具备发现问题解决问题的水平和能力。

对企业管理者而言，什么是企业发展中最大的问题？山达克的决策者认为，发现不了问题就是最大的问题，而发现了问题却解决不了或解决不好，更是个大问题。

魏盛远在实践中发现，山达克在此前的设计中存在缺陷。采矿、选矿能力和冶炼能力不配套，冶炼能力超强，但采矿和选矿能力太弱。以具体数字来看，山达克每年的冶炼规模可以达到两万吨，但采选能力只能达到一万五千吨，别看相差五千吨，这就等于在一年中冶炼部门要闲置三个月。

这样一来，冶炼厂长期处于吃不饱的状态，既浪费了人力和设备资源，又影响了整体产量。

发现这个问题后，魏盛远就跟邹建辉商议说："如果咱们再增加几台选矿设备，山达克的产量可以提高四分之一。要不咱们想办法买几套吧？"

一语惊醒梦中人，邹建辉听完一拍脑袋说："哎呀，你要是不说我还真忘了这茬儿了，其实咱们公司真有现成的设备，而且是三台进口的破碎机，就在上海港的保税区里放着呢，已经存放了近十年时间！"

魏盛远一下没听明白邹建辉的意思。邹建辉连忙解释说："这事要从咱们最初援建山达克的时候说起。20世纪90年代，咱们在山达克使用的三台设备用的是咱们国内厂家生产的。当初，咱们心里也没底，一是怕国产设备用不住，二是害怕达不到技术指标要求。为保险期间，同时又买了三台美国公司生产的同类设备。但国产设备在山达克经受住了考验，那三台90年代进口的美国设备，就一直放在上海港码头上。2002年恢复生产后，又遇上孙长胜牺牲，大家都把这三台设备给忘了，我也是刚刚梳理公司家底时发现这三台设备放置了近十年时间。赶紧把这三台进口设备转运到山达克，要是能把产量提上去，就解决了产能平衡的问题。"

魏盛远连忙说："我们赶紧拉过来用上，要不然太浪费资源了。"

邹建辉连忙说："赶紧办、赶紧办。"

在山达克，三台国产设备其实挺好用的，但在现场使用一段时间后逐渐老化，这三台闲置许久的进口设备，既可以替换国产设备，还可以增加选矿能力。

魏盛远解决了山达克想解决而一直未解决的很多难题。突然有一次，选矿厂的渣浆泵坏了。选矿厂的设备是系统设备，一个泵出了问题，所有系统都要停止运转。坏了就开始抢修，但抢修急缺零部件，当时技术力量也不足，魏盛远亲自上阵，调来维护中心包括研究所的技术人员一起连夜抢修。

魏盛远是设备专家，抢修之前他把整体系统检查了一遍，最终找出原因，是一个轴承因设备老化后损坏，导致机器停转。

魏盛远就在现场，从头到尾一直盯着干。

"魏总你回去吧，有我们在就行了。"说话的这个人，恰恰是魏盛远在一次夜间检查时抓过现行的一个部门领导。当时，他偷偷领着工人夜晚喝酒，被魏盛远抓了正着。

魏盛远当时有点不高兴："你作为主管设备的领导都劝我走，我不盯在现场怎么能行？如今轮到自己遇到同样的问题，怎么犯同样的毛病呢？你我必须守在这里。"

魏盛远是个宽厚的人，他很少说让人不舒服的话，但节骨眼上他不说不行。就这样，魏盛远陪同大伙一直待到天蒙蒙亮，抢修完工后才离开。

天亮后，大汗淋漓的魏盛远几乎虚脱。这时候，一位员工跑过来跟他说："魏总，俾路支省的省长要来山达克，九点就到，让我们都到办公室前列队欢迎。"

魏盛远说："我连饭都顾不上吃了，我得先回去睡觉，你们去就可以了。"

这个时候，魏盛远还把自己当成一位工程师。直到员工提醒说："魏总啊，你是山达克老大，你不去怎么行啊？咱们中国人不是说，有朋自远方来，不亦乐乎吗？"

"乐乎，乐乎，我这就赶紧去！"魏盛远连忙擦了一把脸，跟着员工跑出门去。

有件事对山达克来说非常重要，就是矿石的品位问题。采矿厂、选矿厂和冶炼厂三家打架，核心问题就事关品位问题。

这个品位，简单来说就是出铜量，就是一吨矿石出一斤铜还是二斤铜的问题。

在采矿和选矿的品位上，采矿厂和选矿厂的分歧很大。因为矿石的品位牵扯到产量问题，选矿厂是以最终选出来的金属量为标准考核的。而采矿厂采出来的金属量是无法预计的，只有经过选矿之后才能算出来。因此，采矿厂和选矿厂因为矿石的品位，总是找不到平衡点。

山达克采选冶三个部门，因为品位问题总是闹矛盾，甚至有时候老拳相向。这时候，所有的矛盾都集中在了化验室。因为化验室与各个生产部门之间互相不信任，产品取样必须保持中立。

这是个棘手问题，谁都不愿捧这个刺猬。魏盛远说："我来负责吧，我带取样队。我是中冶出来的，我保持中立，我去采样最合适。"

说实话，魏盛远是机械专家，根本没有采样经验，心里也没底。但自己是领导，这件事必须亲力亲为才能服众。

魏盛远带领化验部的同志亲自下到车间采集样品。这是一项非常艰苦的工作，从采矿、选矿到冶炼，必须有专人二十四小时盯着。采出样来，再进行化验，最后再计算各部门的数值。

这里边有一个涉及个人利益和奖金的问题。以采矿厂为例，金属量少了多了都不行，比如说，采矿厂采一吨矿石，铜金属含量检测为一吨矿石含铜一千克，到了选矿厂只选出来半千克，这一下就少了一半，采矿厂当然不干。

选矿厂也有他们的苦衷，你采来的矿石，每一车的含铜量都不一样，让我按照你的标准选出来，我只能报个最低标准。

矛盾就这么产生了，也都集中在魏盛远身上。

第一次取样那天，魏盛远先跑到冶炼厂，问现场的负责人："你明天几点出炉？"

冶炼厂负责人说："凌晨四点吧，正负相差两个小时。"

魏盛远说："那行，你要是四点出，我就提前两小时带人过来。"

魏盛远把问题想得有些简单，以为按时到点去就能把样品取回来。半夜两点魏盛远准时带人开车来到冶炼厂，一看人家已经出完炉了。是故意还是正常都不重要，重要的是无法取到样品。

魏盛远首战失利。

魏盛远有些不爽，你说正负两个小时，我提前来了还不能正常取样。既然你不准时，那我就天天带人去现场蹲守，天天如此，周而复始。如此这般折腾了半月时间，硬是阳错阴差地没取上样品。

魏盛远又窝火又憋气。

后来，魏盛远就有了一个毛病，夜里开车出生活区，只要是冶炼往外倒铜浆，他心里就上火冒烟儿。

半个月后，魏盛远依旧提前三小时来现场等，结果还是没能取得样品。这次，好脾气的魏盛远也不干了，气冲冲地说："告诉你们胡总，这炉铜作废，回炉。"

当时，常务副总经理胡发先分管冶炼厂。魏盛远对胡发先说："这炉铜作废，如果有什么责任，罚我魏盛远就行。"

胡发先也是个明事理的人，他果断地说："行!"

胡发先跟着魏盛远来到冶炼厂，当场宣布："这炉铜作废，重新回炉。"

于是，一炉铜水重新回炉。

魏盛远的这一招挺狠。这一炉重新回炉，可以算你的产量，但是以后必须按照我的规定来，我给你立个规矩，以后我不取样你就别想过关。

在冶炼厂取样，难就难在时间必须拿捏得十分准确，用千钧一发来形容一点都不为过。

这个千钧一发，就是出铜水的时候必须在中段取样，铜水出炉后马上就会凝固，早一点晚一点就取不出样品。

取样的日子里，三个分厂的人都被魏盛远严谨较真的劲头所感动，感到这个平时宽厚仁慈的人，较起真来还真让人上头。

几次之后，冶炼现场的负责人主动对魏盛远说："你老这么盯着也不容易，把取样器具放在我这里吧，我们倒浆的时候帮你取一点就是。"魏盛远却说："那不行，还是自己取了心里踏实，毕竟我取样得有公信力。"

由于魏盛远亲自取样化验，得出的金属量自然最权威最公平，这样的结果，三家不得不承认。

几次取样下来，各家的结果都板上钉钉，三家再也没因品位问题打过架。

还有一次选矿厂那边设备出现问题，部门经理就问："要不要请魏总过来看看？"

这位部门经理知道魏盛远是从中冶来的。他认为中冶的人都是官老爷，没有一线实践经验，加上魏盛远平时憨厚朴实，也没什么官架子，他就是想让魏盛远当场出丑看笑话。

魏盛远竟然真的去了。他到现场一看，是振动筛出现问题。

这里边又有一个技术问题需要说明。矿石破碎后要筛选，筛完后矿石进入到球磨机，没想到这一次，振动筛突然不振了，到底什么原因，外行人根本看不出道道来。

选矿厂就找魏盛远过来看看，看他能不能解决，主要的想法还是要考考他。你魏盛远不是搞机械技术出身的吗？是骡子是马牵出来遛遛。

没想到魏盛远去了之后，淡淡地说："电极老化了，负载过重就停机了，你换一下电极就正常了。"

说完，魏盛远背着手走了。

选矿厂的人一下子被镇住，愣在了原地。

第五章
边关热血

孤身海外的中国员工
抛妻别子、抛家舍业
甚至还有很多人把生命
留在异国的荒漠戈壁上
这不是山达克人的现实窘迫
而是一代人的热血
一个群体的奉献与牺牲

▼ 戈壁足球

▼ 舞会

危机四伏

一段时间，巴基斯坦的安全局势不稳，尤其是逐渐增多的针对中国人的袭扰，让人不安。而对于处在边陲的山达克人来说，他们从一开始就步步惊雷，危机四伏。

2005年6月，就在邹建辉要从奎达出发去山达克检查工作时，总工程师魏盛远在现场突然接到国内同事的电话通知："十万火急！恐怖分子要袭击邹总的车队！赶紧设法联系上邹总！"

魏盛远听完一头雾水说："邹总的车队从奎达已经出发了，估计应该有一个小时了，出发前他告诉我没啥事啊。这一路上，也没有手机信号啊。"

听了魏盛远的话，国内同事也急了："哎呀，糟糕了，你赶紧通知奎达办事处，务必想法联系到邹总！情报显示，有武装组织预谋袭击我们的车队。"

魏盛远接电话的手颤抖了一下，心一下就提到了嗓子眼儿。

原来，国内有关部门接到情报称，有个恐怖组织得知中国方面派出要员准备从奎达赶往山达克，这个恐怖组织准备武装劫持中方人员，以便向政府施压，释放他们被抓的同伙。

得知消息的中方部门将这个情况紧急通知了中冶集团，中冶集团立刻给邹建辉打电话，但没有接通。为了保证邹建辉的安全，国内同事立即联系了身在山达克的魏盛远。

魏盛远也是第一次遇到这样的突发事件，一时急得团团转，不知如何是好。他急中生智，立即去找巴基斯坦边防军！

从2002年起，巴基斯坦边防军按照巴基斯坦政府的命令，承担起保卫山达克矿区中国公司和中国人安全的任务。中国公司的员工每月需要从山达克前往巴基斯坦南部城市卡拉奇运送货物，或者到俾路支省首府奎达接送专家，边防军的战士每次都会随行护送，二十年来从未间断。

巴基斯坦边防军阿里夫少校是我们的老朋友。他曾经在不同时间和不同场合说过："中国一直给我们巴基斯坦宝贵的援助和支持，如果有人要侵犯中国人，除非从我们边防军的尸体上踏过去。"

在当时的情况下，魏盛远和同事跟卡拉奇领事馆和奎达办事处联系，都没什么作用。即便联系上，领事馆也无法找到车队和警卫人员保护邹建辉车队的安全。

魏盛远带着翻译驱车直奔阿里夫少校住处，直接把情况通报给对方说："我们得到情报，恐怖分子要袭击我们的车队！现在邹建辉董事长的车队已经从奎达出发一个多小时了，我们联系不上他，麻烦您提供帮助，通知部队检查站和哨所，立即把车队和邹建辉董事长保护起来。"

魏盛远火急火燎，少校却十分镇定地说："我很高兴能为加深中巴友谊做一点事情。但是，我们没有接到这方面的情报呀，你是哪里来的消息？"

魏盛远额头上已冒出汗珠："我们是从权威部门得到的消息，有一股不明身份的恐怖分子企图劫持我们邹建辉董事长的车队，现在非常危险，非常紧急！"

阿里夫少校反复跟魏盛远确认："你提供的情报准确吗？"

魏盛远十分肯定地说："少校先生，情报绝对可靠！请你一定要相信我们！"

阿里夫少校确认后立即说："好，我马上向司令部报告，马上部署保护行动。"

阿里夫少校立即把情况向边防军司令部报告，得到确切指令后，阿里夫立即通知从奎达通往卡拉奇的各个兵站和哨所，只要发现邹建辉的车队，立即截住并将车队和人员保护起来。

与此同时，阿里夫少校安慰魏盛远说："放心吧，按照时间估算，你们的车队刚出奎达不久，他们应该是安全的。只要找到车队保护起来，我立即带大部队去把他们接回来。"

"谢谢！非常感谢！"魏盛远暂时松了一口气。

沿途的兵站哨所接到通知后，立即在各个哨卡展开布控。

此时的邹建辉并不清楚发生了什么情况，车队在坑洼不平的沙石路上缓慢行进着，路旁是一望无际的戈壁荒漠，视野近处是暗黄的碎石，远处是黑黢黢的山脉。在这荒无人烟极像月球背面的地带，说不定某个山梁上就隐藏着恐怖组织的狙击手。

邹建辉的车队刚走了不到三分之一的路程，突然，巴基斯坦边防军一队荷枪实弹的人马拦住去路。

邹建辉不知发生了什么情况，连忙命令车队停车。随即，几辆边防军的越野车将邹建辉的车队团团围住，十几名荷枪实弹的边防军士兵围上来用英语询问："哪位是邹建辉董事长？"

邹建辉看服装和打扮，知道这是巴基斯坦边防军的一个兵站，听口气也非常和善，连忙用英语回答说："我是邹建辉。"

边防军一个带队的军官对邹建辉说："请你下车，到兵站再说。"

邹建辉不知道发生了什么，车队按照边防军的安排，赶紧停进附近的兵营里。

边防军把邹建辉他们安置在一个房间里，房子外边站满了全副武装严阵以待的官兵。邹建辉此时并不知道事情的原委，但这阵势还是把他吓了一跳。

边防兵站给予邹建辉他们很高的礼遇，把邹建辉一行迎进屋里后喝茶休息，等待消息。

为了确保中国人的安全，边防军从外到内设置了多道防线和大量哨所。这些哨所之间彼此独立，都有荷枪实弹的士兵站岗执勤，并对进出山达克的人员和车辆实施严格检查。

而在山达克通往奎达和卡拉奇的沿途，边防军也设置了多个兵站，确保在第一时间保证中国人的安全。

邹建辉事后得知，边防军在阿里夫少校的指挥下，派出四辆军车载着全副武装的士兵，对沿途所有道路、桥梁进行了细致的检查，查勘各个路段和桥梁涵洞是否藏有炸弹。与此同时，又在道路两侧的制高点上安排狙击手以防万一。

边防军检查完毕后，在每一个桥洞涵洞等关键节点都放出一对警戒哨，背对背武装把守。

与此同时，阿里夫少校也带领车队从山达克出发，赶赴邹建辉所在的兵站迎接。

阿里夫少校安排妥当后，命令兵站的部队往前送，前一站的部队过来迎接，一站一站地接力护送。

前边军车开道，后边军车护卫，邹建辉的车队夹在车队中间，十几辆车奔驰在沙漠戈壁上，一路上卷起细细的沙尘。

邹建辉透过车窗一路看过去，前后全是荷枪实弹的边防军士兵，就这样，边防军一站又一站把他们安全护送到了山达克。

早上从奎达出来，邹建辉他们一路惊魂，安全赶到山达克已经是深夜十二点多了。回到住处，魏盛远才想起中冶集团总经理的嘱咐："接邹建辉回来，不管多晚都要给我打个电话，报个平安，我一直守在电话边等着你的消息。"

因为山达克与国内时差三个小时，山达克时间的夜间十二点，就是北京时间第二天凌晨三点。

邹建辉忙给中冶集团总经理打了电话报平安。他果然没睡，接到电话后长舒了口气说："这一天都在等你的电话呀，这心提的……平安到达就好！"

放下电话之后邹建辉才发现，这一路上满脸满眼全是汗水。他想找个湿毛巾擦擦脸，却发现累得乏了，连抬胳膊的力气都没了。精神紧张加上一整天没吃没喝，他的身体已经接近虚脱。

但此刻祖国那边的亲人挂念，邹建辉心中还是涌起一股股暖流，眼睛不由自主地湿润了。如果不是置身海外和生命危险的境地，邹建辉的神经不至于这么脆弱。

这次有惊无险的事件发生后，邹建辉叮嘱魏盛远专门为山达克配备了两部海事电话，山达克现场指挥部一部，进出山达克人员一部，以防遇到紧急情况能联系上。

后来，公司又在进出山达克的车上安装了信号干扰仪和防弹玻璃等设备，以防恐怖分子的炸弹袭击。

其实这件事情只是山达克安全局势的冰山一角。常年驻守山达克的中国人的安全预警从没间断，也曾遭遇过飞机设备故障、恐袭等重大安全事件，安全成为山达克人刻在骨子里的头等大事。面对日益复杂的公共安全形势，公司树牢"大安全观"理念，时刻绷紧安全弦。以"信息预防为主"，建立健全体系制度，设立联动的安保队伍，通过"3+N"道防护网络，构建安保同心圆。此外，还定期开展全方位系统风险评估、脆弱性评估及应急演练，对动态及静态安保体系进行定期评估，随需升级，全面提高公司处置突发事件的能力，提升公共安全防护水平，尽全力保障员工和项目安全，并在使领馆的坚强领导下与各方安保力量保持沟通联络。长期以来，公司密切保持当地政府和部落头领联络沟通机制，与军方、警察等军事力量的良好合作关系，不定期邀请他们到项目座谈，全面评估审视项目安全形势，在巴基斯坦传统节日之际赠送慰问品，使军民之间保持唇齿相依的亲密而协调的关系。二十年来，未因公共安全事件造成人员死亡，这不能不体现着山达克人的危机意识和安全智慧。

不毛之地

如果把一个人关在陌生、艰苦、封闭的环境中，这个人会很容易疯掉。要是在一个地方关上三年，与人的正常交流都很难。荒漠戈壁中的山达克，就是这样一个地方。

最初的山达克艰苦到什么地步呢？整个山达克只有食堂有一台电视机。魏盛远来到山达克的时候，自己带了一个九波段的收音机，但只能收到一个台，还磕磕绊绊听不懂。

除了精神文化生活外，生活条件也很艰苦。这里的水都是盐碱水，偶尔有人从奎达或者卡拉奇回来，能带点矿泉水尝一尝，就像酒鬼尝到了琼浆玉液。当然，所有人洗澡用的水都是地下抽上来的盐碱水。后来条件好了，用上了净化水设备，再也不用喝盐碱水了。个别讲究的同志，洗完澡后用矿泉水象征性地淋一下，当然，这种讲究也仅限于女同志。

山达克的气候环境最初特别恶劣，赶上沙尘暴天气，漫天风沙遮天蔽日，一夜之间门口会刮来一堆沙子把门封住，甚至连门都推不开。在这种苍凉的自然环境下，大家的心情都很悲观。

这里的饮食更差，没有中国人习惯吃的猪肉，只有牛羊肉。刚开始的时候，能吃到一顿面条，面条汤里再放一点青菜，大家都跟过年一样高兴。

没有人奢望吃好，能吃饱粮食或者吃上一点绿菜，就能知足好几天。当然，牛羊鸡肉不缺，谁也架不住天天吃顿顿吃，就算张建武这样的老山达克，都能把香喷喷的羊肉吃出羊屎蛋的味道来了。

生活条件艰苦，工作压力又大，精神生活更是孤独，加上山达克初期总是夜晚停电。漆黑、闷热的夜晚停了电，大家黑灯瞎火里更加孤独烦闷难熬。

像张建武一样天性外向的人，还不觉得特别难受。那时候四五个人共住一间房，由于长期单调的生活压抑，大家的心情都闷闷不乐、郁郁寡欢，天长日久都变得心浮气躁、肝火旺盛，谁随便开一句无伤大雅的玩笑，就有可能发生激烈的言辞冲突。

荒漠里上千个大老爷们儿，成年累月待在一起，会是什么样子？我们今天的人怕是无法感同身受。

真有不少人忍受不了这种孤寂，邹建辉很快发现有两名员工患上抑郁症。冶炼厂一名员工成天跑到外面大水池子旁，一个人在那里发呆，问他什么，他总是眼神恍惚，什么都不说。

邹建辉担心这人有自杀倾向，及时安排人把他带回国，到医院一检查，果然是抑郁症。

工作中的困难容易克服，但让大家饱受精神折磨的就是难以和家人联络。那时的山达克，只有一部电话能打到国内，而且电话费很贵，一分钟要花八块钱左右，且限时三分钟，三分钟后自然中断信号。几十人几百人排队打个电话，也是一件非常纠结的事情。因此，平时山达克很少有人打电话，只有到重要的节日，大家才排着队给家里打个电话报个平安。

山达克人有一句口头语：山达克一年一场风，从春刮到冬。

山达克舞会

除了工作之外，山达克最初的业余文化生活，更是枯燥乏味。那时候没有网络，电视机只有一台，大家平时消磨时间的方式就是写写书信，下下象棋，看看那些播放巴基斯坦和伊朗、阿富汗三国节目的公共电视，虽然听不懂那些语言，但看看人影儿也是一种情感释放。

如何调节员工的心态和情绪呢？

山达克人想到一个办法，号召大家学习跳舞。公司买来音响举办露天舞会，确定一两个星期搞一次。可跳舞的都是一群老爷们儿，谁有那个心情呢？

为了推动这项活动的开展，公司专门下发文件，明确要求每个厂和车间班组都要轮流组织举办舞会，其他单位都要参加；现场还有抽奖活动，为了鼓励女性积极踊跃参加活跃气氛，每个女士到场全部都有奖品。

山达克不是没有女人，巴基斯坦美女很多，但为了尊重当地习俗，万万不能跟人家搭讪，更不能邀请人家跳舞。

这可累坏了在山达克工作的中方女同志。在现场，只有中冶总部和设计院的五六个女同志在山达克工作。

怎么打破这种压抑的局面呢？最后领导想了一个办法，承诺大家如果学会了跳舞，就想方设法把所有女士请来举办舞会。这下仿佛炸了锅，几百个老爷们儿的积极性迅速调动起来，没几天大家很快就学会了跳舞。

领导的承诺是必须兑现的，一个风和日丽的傍晚，众人翘首期盼的舞会终于要开始了。山达克的所有男同志热情高涨，精心打扮，换上平时舍不得穿的衣服和皮鞋，早早来到舞会场地，急不可耐地等待着几位女士的到来。

魏盛远立即宣布了一条特殊规定："从现在开始，男士们一律不要动，谁动把谁赶出去。乐曲一响，请女士们主动邀请男士，不管邀请到谁，不管你会不会跳，不管你扭秧歌还是鬼子进村，都必须热情接受。"

就这样，一场可能的混乱及时化解。只是每次乐曲响起，女士们羞答答站起来邀请男士跳舞的时候，她面前呼啦啦举起一片胳膊，这让每个女士都感到了公主般的荣耀。

　　第一次舞会就这么成功了，无论上场还是没上场的男士，大家都兴奋得跃跃欲试或者充满期盼。此后，交谊舞会就成为山达克的保留节目，只要不是风沙太大，差不多每周举办一次。

　　只是那几位伴舞的女士每到周一都累得疲惫不堪，不是脚底累得起了水疱，就是脚面被男士们踩伤。

　　通过周末舞会，大家烦闷的情绪得到了短暂舒缓。从此大家也都有了盼头，从周一开始就盼望着周末的到来，精神上的压力变成了工作中的动力。为了期待那幸福的舞会，个个精神饱满干劲十足，工作效率竟然显著提高。

　　从2004年开始，公司每年组织春节联欢晚会，要求每个领导都要出一个节目。魏盛远平时就喜欢打乒乓球和羽毛球，而且水平在设备研究院数一数二，但他不会唱歌、不会跳舞。当了领导后，魏盛远感觉这样不行，就下决心学唱歌。

　　他说不会唱歌，人家说给你找个女孩对唱《心雨》吧。为此，魏盛远偷偷摸摸练了一个月时间，才敢上台表演。在他的带动下，山达克兄弟们也有样学样，纷纷上阵，春节联欢搞得有声有色，并成为当地经久不衰的文化盛会。

　　张建武在山达克过了十几个春节，三次在晚会上表演了文艺节目，一次是演魔术，一次是单口相声，一次是和伙伴们把赵本山的小品搬到了山达克。

　　经过中巴双方二十年的努力，现在的山达克种植了各种花草树木，特别是建起了水厂和尾矿库以后，尾矿库里长出了芦苇和蒲草，引来了野鸭和其他各种鸟类。山达克周边的生态环境也悄然发生了改变。现在的气温没有二十多年前那么高了，风沙也少了许多，特别是降雨量显著增多，员工们在工作之余种种蔬菜花草，相对于过去的荒凉，现在的山达克已经是绿树成荫、鸟语花香了。

除了生活条件有了翻天覆地的变化，在居住方面也产生巨大变化。单人单间的住宿，伙食方面有丰盛的早餐、品种多样的面点、新鲜的蔬菜和鱼虾肉蛋，不想在食堂吃饭，还可以到街上的逍遥居中餐馆换换口味。

业余时间大家还把尾矿库里的泥沙拉过来，在宿舍门前造了一片小菜园种蔬菜，自己烹饪些家乡美食改善生活。

通信方面也有了很大改善。随着科技的发展，电视、网络，特别是微信、QQ语音和视频，拉近了与亲人的感情距离。山达克的员工也能够安心在这里工作了。

为了活跃员工的业余文化生活，公司花费巨资建造了一座文体中心，并购置了各种娱乐设施、体育用具和健身器材，供员工们业余时间娱乐消遣。

公司在招聘女生方面也别具特色："回国招聘女工的时候，要特别加上这么几条，女孩子不能太安静，性格要开朗活泼，能唱能跳，还得找那些大伙看着养眼的，最好是未婚没有对象的。"

共同的牺牲

坚守，是成就事业的唯一路径；而坚守，同样是亲情、爱情的莫大牺牲。所有坚守在山达克的这群人，都在用牺牲诠释着大爱无疆，以实际行动诠释永不言弃的"扎根"精神。

王道是湖南湘潭人，1986年从上海外国语大学毕业后分配到中冶集团工作，因为外语特长，且曾经在斯里兰卡工作两年，积累了丰富的翻译工作经验。恰好公司正进行山达克初建工作，王道精通英语，公司就安排他来到巴基斯坦奎达办事处从事翻译工作。他在翻译好合同文件的同时，还能做好会议的口译和笔译，没过多久便担任了奎达办事处主任。

由于操累奔波，王道在奎达患上了甲碘，身体非常难受。当地的卫生条件并不太好，领导催促王道赶紧回国治疗，但是王道担任办事处主任，也不好为此专门回国，硬撑着在当地进行治疗，熬了一年多终于痊愈。

王道性格和善温和，很多当地人都愿意跟他打交道。他在奎达不但本职工作卓有成效，还能处理好和当地各个部门的关系，巴基斯坦的朋友也愿意把他当兄弟，有什么事情都想听听他的意见。

在山达克建设初期，因为建设选矿厂需要大量用水，巴方计划建设一条三十公里左右直达山达克的供水管线，项目大概需要两千多万美元。

王道一听，如果拿下这个项目将会是一笔不小的收益。但他不动声色地跟巴方业主聊天，有意无意地聊起中国的挖掘机功能非常强大。业主也就忍不住说："要不我向中国公司租借一些挖掘机吧？"

这句话正中王道下怀。他装作一无所知地问："你们需要挖掘机干什么呢？"

巴方朋友说："我们需要挖沟，铺设输水管道。"

王道趁着对方高兴，连忙说："你租我们的挖掘机，还得我们中国人自己开。干脆，你让我们中国人建这个输水管道多好啊，咱们两国这么好的友谊，中国人又能吃苦，你只管验收就好了。"

实际上，王道已经知道这个工程马上就要开工，要么是当地人自己干，要么是租给别的公司干。而且巴方自己干的话，一时找不到合适的施工队伍。

王道成功地谈下了这项工程，成为他与巴方兄弟友谊之外的副产品。

当然，王道在巴基斯坦工作八年的大部分时间，生活还是枯燥乏味的。有时候因为无聊，王道还和当地贫民的孩子一起踢球，他倒是自得其乐。

可是领导看不下去了："王道啊，你都三十多了，赶紧回国找个对象吧，不能为了事业把一生都给耽误了。"

由于工作原因耽误了成立家庭，家人的焦虑已经不再掩饰。每次王道回家，家里人和同事都给他安排很多次相亲，甚至一天会安排好几个。但是，王道每次回国只有一个多月，除了回北京汇报工作，还得回老家跟亲友匆匆见面，哪里会遇到合适的对象？

实际上，王道心里藏着一位巴基斯坦女孩，那是他好朋友的女儿。但是，穆斯林女孩不外嫁给非穆斯林男子，王道第二次萌发的爱情幼苗，败在了民族习俗上。

不是为讲述中国建设者的奉献故事而故意煽情。但现实情况是，在山达克，几乎每年都有中国员工的父母或者至爱亲朋去世，他们远在海外赶不回来。

在山达克，还有胡发先、李庆来等把生命的最后时光留在荒漠戈壁的一批中方员工。仅仅是我认识的几位主人公，他们都有无数这样抛家舍业的事例。

比如邹建辉，他就有一个令人心酸的小细节。有一次在海外长期工作回家后，年幼的孩子见他到了晚上还不离开，就学着大人的样子端了杯子放在邹建辉面前说："叔叔，你走吧，我跟妈妈要睡了。"

这个小段子在中冶铜锌公司广为传播，还有众所周知的蔡玉霖孩子上学的故事。

蔡玉霖1994年第一次出国工作的时候孩子才两岁，因为常年在海外工作，国内根本没有多少熟人。他的孩子在北京著名的灯市口小学读书，学习成绩名列前茅。

2003年蔡玉霖到巴基斯坦工作，2004年孩子小学升初中的时候，按照当时政策，按户口所在地统一分配到就近的中学就读，类似抓阄。

蔡玉霖觉得这样耽误了学习拔尖的孩子，后来听说某知名中学有个提前考试，如果通过考试可以直接招收，蔡玉霖就让爱人带着孩子冒雨去考那所中学。孩子考试成绩非常好，但八月份开学的时候，孩子却通过电脑排位分到了一所很不理想的中学。

耽误孩子的学习就是耽误孩子的一生啊，蔡玉霖跟在中国社科院工作的妻子商议之后，妻子毅然决然地决定辞职，放弃编审岗位，带着孩子到新加坡读初中，并一直陪着孩子在新加坡读完中学，2009年元旦，孩子独自前往加拿大继续读完大学预科，以优异成绩进入多伦多大学。

现在，蔡玉霖的孩子已经研究生毕业并在加拿大就业、成家。

为了支持蔡玉霖在巴基斯坦的工作，整个家庭特别是他妻子付出很多很多。而年近六十的蔡玉霖依然在中冶铜锌站好最后一班岗。

与王道和蔡玉霖异曲同工的是何绪平。

何绪平1998年与爱人小张结婚，考虑到小张当时年龄并不大，两人商议着先努力工作几年再要孩子。就在2003年年初两人把计划生育提上议事日程的时候，何绪平却突然要去山达克。

到了2006年，何绪平已经三十七岁了，妻子也已经三十一岁了，眼看不要孩子不行了。

可是，这时候何绪平已成为中冶资源人力资源部经理，在山达克正干得如火如荼。他有心想专门回国，无奈邹建辉和在山达克主持工作的常务副总经理胡发先舍不得他回国。

身为副总经理的胡发先怎会想不到何绪平的心事！他找来何绪平说："你看这样行不行，你爱人是咱们系统内部人员，咱们给她办理借调手续，让她来山达克跟你一起生活，边工作边备孕，什么时候怀孕了再回国，怎么样？"

何绪平思来想去，很无奈地说："两口子不在一起哪有机会怀上小孩呢，也只能这么办了。"

随后，何绪平的爱人小张千里迢迢从四川攀枝花来到山达克。这一待就是两年，直到2007年她才好不容易怀上孕。

可是，眼见爱人肚子越来越大，何绪平又开始犯愁了。

要是孩子生在山达克，听起来很浪漫，现实却很残酷。且不说这里医疗卫生条件差，也不说生下孩子的国籍问题。要是在这里坐月子，何绪平一个大老爷们儿，怎么伺候月子？

最后，双手捧着大肚子的小张还是离开了山达克，回到了四川成都，由岳父岳母照顾。

2007年，何绪平的女儿出生了。

孩子出生后，妻子要回单位上班，何绪平考虑了许久："这样不行，我长期不在家，小孩谁来照顾？不能一家三口三个地方吧？我已经对不起你了，不能对不起孩子。咱们俩只能牺牲一头，我这种情况暂时不能回国，只能牺牲你了，你就办理停薪留职吧。"

妻子只好无奈地点点头，由一位工程师变成了专职带小孩的家庭妇女。

何绪平也没想到，在山达克一待就是二十年，并且还将继续下去。后来，何绪平担任了中冶资源的总经理，中冶也希望何绪平长期安心在山达克工作。为了留住他，就把他的户口办到了北京。

此时，何绪平也面临着难以克服的家庭困难。小孩长大后，户口不在成都也上不了公立学校，为了小孩读书，直到2017年妻子带着孩子从成都搬到人地生疏的北京。

等何绪平在北京买房子的时候才发现，因为长期在海外工作，每年回来也就一个月时间，他并不了解国内的情况。他在海外辛苦二十年赚到的钱，还不够在北京买套房子。

而早年回到国内工作的朋友，虽然没赚到多少钱，但早在北京买了几套房子，十几年翻了五六番都不止。

像何绪平这种情况的人，在山达克还有很多。还有一种情况是，山达克工作人员的离婚率偏高，男人一出去好几年甚至十几年，总不能要求妻子在国内守活寡吧？

这不是山达克人的现实窘迫，而是一代人一个群体的集体奉献与牺牲。

▼ 冶炼

第六章
睦邻中国

山达克矿区就是我们的家

我们像保护自己的眼睛那样保卫矿区

一旦有人胆敢侵犯我们

他们将无处可逃

如果他们越界逃跑

我将亲率部落武装跨境追击

▲ 公司领导与当地居民
共庆中华人民共和国
成立 70 周年

▶ 为巴方就诊

◀ 在周边六村用水工程竣工仪式上，时任中冶集团资源开发有限公司董事长魏盛远带队品尝井水味道

▲ 中巴舞蹈比赛

▼ 山达克学校

壮士断腕

对邹建辉、魏盛远、何绪平等山达克历任总经理来说，中国人内部的事情还算好处理，最棘手难办的事情是如何处理中巴关系。

如何更好地实现属地化管理，规范管理、建章立制是第一步。公司推行"扁平式"组织结构，减少管理层级。早在成立之际，就制订了特色的"五大管理体系"（生产和安全、设备技术、成本考核、采供制造、人力资源），用人观念和方式、管理理念和机制上大胆创新，实行"不分行业、不分地域、不分资历、不分年龄、不分国籍"的"五不分"，破除条条框框。

在中国人来到山达克之前，巴方领导层都是英式教育培养出来的文化人，管理者与普通员工层级分明，不像中国那样领导和群众打成一片。

因为文化理念和管理方式不同，本着尊重当地文化习俗，为了双方的友谊和谐，中方管理层尽量在两种理念中寻找平衡点，直到矛盾升级之后，两种理念还是产生了巨大的冲突。

来山达克工作的巴方人员，一部分来自山达克以外的全国各地，最远的甚至有靠近中国边境的地区。他们来到山达克之后，公司要给他们提供住宿和一定的福利。

而家在山达克的本地部落员工，一般都是回家住宿，也就没有提供宿舍。无论中国人还是巴基斯坦人，都有共通的价值观，那就是不患寡而患不均，因为这个原因，当地部落的员工就觉得吃亏了。加上当地人认为外地员工抢了他们的就业和饭碗，产生了一些排外情绪，最终，巴方当地部落员工和外地员工，就因为宿舍和福利这点事产生了矛盾，双方站在各自阵营里，从吵架升级到了动手。

因为这点小矛盾就起了内讧，搁中国领导层眼里，只是个鸡毛蒜皮的小事情，无非就是打一巴掌再给个枣吃，把双方安抚一下就能解决的问题。

但巴方兄弟的思维跟中国人不一样，他们认真地争论，还认真地打得头破血流。

一见血就成了大问题。巴方兄弟双方都当成了大事，双方僵持不下的时候，就集体掉转矛头对准了山达克的管理层，各自展开了罢工行动，逼迫公司为他们撑腰做主。

当地部落的员工，强烈要求公司把外地人都赶走，必须全部聘用山达克当地人。

外地人要求自己的权益必须得到满足，除了宿舍之外，还要跟山达克当地人同工同酬同福利。因为当地村民在用水、用电、教育等方面都是中国公司免费提供的。

一时间，巴方兄弟之间的矛盾十分尖锐。

这时候，邹建辉刚到山达克不到三个月，他在国内还没有领教过这阵势，也不知道怎么处理这种事情，毕竟涉外无小事啊。

邹建辉唯一的办法，就是打电话找身在卡拉奇的巴方副总经理，请他回来处理这件事。但邹建辉没想到的是，巴方经理就回了一句话："我正在休假回不去，我也处理不了。"

随后，卡拉奇那边的电话挂断了。

邹建辉当时就愣在了原地。这位巴方经理的家在卡拉奇，很多时候，这位老兄都不在山达克现场工作，每次遇到问题请他回来处理，他总是找各种理由躲着不回来。

没有办法，邹建辉只能自己出面协商解决。邹建辉的英语没问题，但他并不懂乌尔都语，只好带着翻译与各方协商。

邹建辉累得口干舌燥，但巴方经理一直没有出现。邹建辉实在无法忍受巴方经理的这种工作态度，实在忍无可忍的时候，邹建辉向集团公司主要领导报告："我想辞退巴方经理。"

集团公司领导回答说："你得慎重，辞退巴方经理的事情影响太大，只有一个原则，千万不要因此影响到两国关系。"

邹建辉表现出少有的果决："在山达克，这位巴方经理就是个挂牌领工资的，需要他工作的时候根本用不上呀。"

集团公司领导只好说："我们不熟悉山达克的具体情况，但我们尊重你们班子的集体决定，一定要稳妥处理。"

邹建辉之所以做出这个决定，是经过深思熟虑的。他和现场的几位主要领导商议，所有人都说："辞退吧，说不定还有杀鸡给猴看的效果。"

邹建辉把集体决策通知巴方经理后，巴方经理自然不乐意这么离开。他急匆匆从卡拉奇赶回山达克，想要跟邹建辉叫板。

邹建辉拿出相关管理规定，摆在了巴方经理面前，这位巴方经理顿时哑口无言。

邹建辉推心置腹地说："兄弟，我们不是针对你个人，而是针对这种工作方式。在山达克当甩手掌柜可不行，所有人都有自己的工作岗位和工作职责。当然，我们可以给你一笔补偿，但不能因为跟你感情好就违反人事管理制度。我们中国人的做事理念，你能理解吗？我们这叫一个萝卜一个坑，不养吃闲饭的。"

巴方经理当然不能完全理解。按照他的认知，干到他这个位置，除了发发指令之外，其他事情都是下边人干，不用自己亲力亲为。他也不理解邹建辉的工作方式，什么事情都要先调查再发言，甚至一天二十四小时都钉死在工地现场。

最后，邹建辉给了巴方经理一定的补偿后，他也不好再说什么，悄悄走人了。

萨乌尔兄弟

从创业之初，公司便坚持中巴情比金坚的友情和中巴两国政府振兴工业的嘱托，心怀打造百年企业的愿景，从社会责任和政治战略高度出发，将惠及当地百姓共享发展成果当作企业的神圣使命，立志打造成巴基斯坦有色工业发展的摇篮，造福当地幸福万家的"乐于奉献，有爱有责"的一家责任央企。

巴方经理离开了，但闹罢工的事情还是解决不了。邹建辉只好对办公室主任晏国福说："你在国外工作过十几年，有跟外国人打交道的经验，这个事你负责去办吧，就一个原则，稳定巴方员工。"

晏国福只好单刀赴会，去见巴方的代表。

当双方坐下来的时候，晏国福见来者的年龄也就二十多岁，个子还没晏国福高呢。要是形容来人相貌的话，就两个字：富态。坐下来，肚子都能把脚盖住。

他叫萨乌尔，当时晏国福并不完全清楚他的身份，只知道他在当地也算得上一个人物。实际上，萨乌尔是当地部落头领赛义德·阿克鲍的连襟，在当地是很有影响力的人物。在山达克复工之前，萨乌尔还是巴方业主公司当地员工工会负责人。

萨乌尔对自己的来意也毫不避讳："我要安排人员进来组织工会，我们在你的矿区里面，还有工会以前留下的房子，钥匙还在我手里，我要进来办公。"

晏国福立即撑了回去："现在办公区的房子都集体移交给了中方，你不能进我们的办公区来。"

萨乌尔毫不退让："我们要成立巴方工会！这是法律赋予的权利。"

晏国福扑哧一声笑了："看来你只知其一，不知其二。山达克铜金矿是巴基斯坦政府批准的出口加工区，是受法律保护的，里面没有规定允许成立你所说的工会。而且你连我的员工都不是，你来我们公司成立什么工会啊？萨乌尔兄弟，门儿都没有啊！"

萨乌尔也急了："那我带人硬闯你们的门，你管不着！"

晏国福和萨乌尔的英语水平，基本都是各有特色，晏国福所说的"门儿"指的是某种可能性，而萨乌尔理解成了大门的"门"。

晏国福心想这是碰上刺头了，邹总要求稳定巴方员工，周边社区是搬不走的邻居，更是首善之区，必须优先统筹考虑解决好。他于是冷冷地顺着萨乌尔的思路说："我们中国公司是有规矩和章程的，你讲道理的话，我们好好商量。你要敢硬闯我的门，那我就跟边防军讲，没有我的命令他们不会放你进来。"

萨乌尔没想到碰上了个笑眯眯的硬茬子。他倒也不恼，反而坦诚地对晏国福说："那你赶紧给我安排工作，你的项目在我们村边上，我要来你这里工作，你就得给我安排工作。"

晏国福忍不住笑了："那你说，你能干什么啊？"

萨乌尔坦白地告诉晏国福："我什么都能干，当保安也行，在山达克我地方熟、人头熟，山达克的一草一木我都清清楚楚，你招的巴方员工我都了解，他们都听我的。"

晏国福认准一个道理，俗话讲靠山吃山，要维护公司利益，就要建立和谐社区，一方面要造福当地，合作共赢，体现中巴友谊；另一方面必须立规矩，绝不能允许任何人侵犯中国公司利益，对那些吃拿卡要的人员要用好规矩，让规矩发威管人管事。

晏国福之所以跟萨乌尔针锋相对，就是要借此起到打得一拳开免得百拳来的作用。他心里暗暗说："要是一开始就被你小子拿住，我以后在山达克还能立得住脚吗？"

萨乌尔跟中国人打过多次交道，对中国人的做事方式还是有些了解的。但晏国福他们初到山达克，也并不清楚当地的社情民情。他严肃地告诉萨乌尔："我们是来山达克工作的，也是来帮助当地发展经济的，你如果不遵守规矩，不行。"

萨乌尔一看晏国福有点软硬不吃的意思，也笑着威胁道："那就试试看？"

晏国福也不含糊："你打听一下新中国的开国领袖是哪里人？就是我们湖南人，湖南人爱吃辣椒敢于斗争，湖南人的性格就是遇强则强。"

萨乌尔当然不了解湖南人的性格，更听不懂这句出自武侠小说的"遇强则强"的意思。

萨乌尔一看谈不下去了，头也不回地离开了。晏国福果然立即找到边防军领导说："没有我的同意许可，绝对不能放这个胖子进来。"

尽管到现在二十年过去了，山达克的巴方朋友还记得晏国福当年的样子，虽然面容清瘦、文质彬彬，但他就是在山达克最早立规矩的那个人，既通情达理，又严肃认真，而且绝对说一不二。

一个巴方司机不听指挥，总把公司的东西往自己家里倒腾。别人担心辞退他引发双方矛盾，晏国福直接对那个司机说："你要搞你的小九九，自私自利占公家便宜，而且自认为神不知鬼不觉，一次又一次，不知收敛，在别人那里能混过去，但在我这里没有讨价还价的余地，你走吧。"

在尾矿库边，晏国福了解到一个保护矿区的当地警察，随意就拿枪打下一只天鹅，既不安全祥和，也不生态环保，毫无纪律，影响恶劣。他反映给警察的头儿，要求调离山达克，严格管理警察队伍。

晏国福在山达克就是唱黑脸的那个人，每次需要他拍板的时候，他就会干脆地说："创业之初，百废俱兴，尤其艰难，不能支支吾吾、犹豫不决，必须以公司利益大局为重，必须因地制宜、实事求是、无私无畏，错了算我的。"以至于巴方兄弟都互相提醒说："别惹那个笑眯眯的中国瘦子。"

虽然晏国福在巴方兄弟那里树立了冷面形象，但有时候遇到问题，需要巴方兄弟支援时，他们也会挺身而出。

之后几天的一天晚上，仓库里的几十条新轮胎不翼而飞。晏国福担任办公室主任，分管保安和安全工作。他当时就觉得奇怪了，保安的哨位就在那个仓库边上，怎么可能一下子丢那么多轮胎呢？

晏国福直接找到巴方的保安负责人："你给我们做安保工作，人家偷走了我的轮胎，你们没有发现吗？"

巴方负责人怕担责任："没有啊，跟我们有关系吗？又不是我们保安偷的。"

晏国福严肃起来："既然你没有发现，我也相信你的保安也不可能监守自盗。但起码没有履职尽责，值班人员是怎么值的？你们在那睡大觉吗？至少是没有尽到责任吧？从现在开始，你们马上把保安转移到矿区铁丝网外面去巡逻。"

在这之前，保安都是在矿区的铁丝网内巡逻，晏国福这个决定，直接隔断了他们与仓库的距离。当然，保安们工作起来也就没那么舒服了。

真是好事不出门，坏事传千里。那个萨乌尔很快就听说了轮胎被盗的事，想着自己的工作，立即托人带话给晏国福说想见面。晏国福虽然直接批评了巴方保安负责人，但他考虑更深的是，安保漏洞的问题既是利益问题，也是管理不严不实的问题，要靠体系建设，形成利益共同体的统一战线，打造联防联控机制。

很快边防军门卫请示萨乌尔要来办公室，他告知放行。为了理顺关系，晏国福对萨乌尔说："老弟，我们中国人有句俗话，靠山吃山靠水吃水。如果山达克铜金矿搞得好，最大受惠者是当地村民。你也知道山达克铜金矿运作离不开中巴两个团队的合作，要把这个项目搞垮了，我们待不住了回中国照样有饭吃。你们可就得继续去放羊了，你得先把这个道理搞准了。"

晏国福的一番话把萨乌尔搞得晕头转向，本来是想借轮胎被盗之事，提供点信息，争取下工作："老哥，你说什么呢？"

晏国福继续讲他的大道理："为什么山达克矿区你们自己搞不起来？客观上是缺技术缺人才缺资金，现在我们来了，什么都有了，可是有人在这里跟我们唱对台戏，公司没有发展，赚不到钱哪有权益给巴方兄弟？中国人有个道理叫大河有水小河满，公司得到发展才能惠及员工，这是大家都要明白的道理。"

萨乌尔还是一头雾水："你老兄到底啥意思啊？"

晏国福双手一摊说："山达克铜金矿把我们绑在一起，我们交个朋友吧，我也不是专门对你萨乌尔一个人讲规矩。我们中巴双方既是好兄弟好朋友，也要讲规矩；既要共同分享利益，更要团结一起出力。"

萨乌尔还是没听明白晏国福的意思："我也想出力，但你要我做什么呢？"

晏国福这才亮出底牌："我们丢了六十多条轮胎，你怎么看这件事？你说有话要对我说，那你说说看。这事解决不了，必定影响项目的发展。"

萨乌尔蒙了一圈，这才听出点门道，故意卖关子："这事反正不是中国人干的，也不是我干的。凭什么啊？我又没偷，我也不是你的员工，我门都进不来。"

晏国福就是想让萨乌尔感到压力。他说："你自己亲口说的你忘了？在山达克你地方熟人头熟，山达克的一草一木你都清清楚楚，他们都听你的。我知道你有眼线，轮胎怎么出门，怎么运走，运到哪里去了，你应该查得清楚。"

萨乌尔这下全都明白了，用我的话在这儿等着我呢，这个中国瘦子不好对付，就问："我凭什么给你找轮胎呢?"

晏国福笑了，他等的就是萨乌尔提条件："中国有句俗话，不打不成交。我们现在既然是好朋友了，就要在工作中相互帮助。我和其他领导商量下，如果你符合要求，可以正式聘请你当我们的安保员和信息员，你要发挥你的长处，你当地熟，路也熟，村民也熟，外面来生面孔你都知道是不是我们的人，你调查清楚后，有任何蛛丝马迹马上跟我汇报。"

萨乌尔反问道："你让我变成你的眼线了?"

晏国福笑了："咱们是合作伙伴，是利益共同体，你得把轮胎帮我们找回来，不然矿车没了轮胎，矿石运不上来就要停工。"

萨乌尔这才明白了，笑着说："好吧，我马上找轮胎去。"

萨乌尔果然不负所托，几天之后，丢失的六十多条轮胎，被萨乌尔从附近的塔夫坦镇找回来五十多条。从此之后，胖胖的萨乌尔和瘦瘦的晏国福，成了无话不谈的好兄弟。

当然，这些友谊不是凭空而来的。除了个人之间的感情交往，还有一条经济纽带，大家在共同发展的过程中互惠互利，双方共同关切对方的利益，才是货真价实的硬道理。

比如，萨乌尔家里的几个孩子，要到山达克学校里去上学，公司优先安排。孩子生病了，晏国福亲自接到山达克医院就医。

这些孩子和山达克所有村民的孩子一样，享受着中国学校的免费教育和中国医院的免费治疗。作为整个查盖地区的第二所高中，山达克学校为周边村庄的学龄孩童以及员工子女提供免费教育。

有一次，萨乌尔急匆匆抱着老地主阿克鲍的孙子来找晏国福，气喘喘地说："孩子玩耍的时候，把腿骨头摔断了。"

晏国福二话不说，陪着萨乌尔抱着孩子来到医院拍完 X 光片，一看是骨折了。

按照当地以前的医疗条件，有钱人要送到奎达治疗，没钱的只能任由孩子变成残疾人。当地村民虽对中国医生没把握，但时间不等人。令萨乌尔没想到的是，把孩子送到中方医院后，中方的胡院长通过正骨疗法很快接上了。打上石膏三个月之后，孩子就完好如初。

看到孩子不哭不闹了，萨乌尔高兴地对晏国福说："中国大夫好，中国大夫医术高明，如果是以前可能就留下后遗症了。"

后来，萨乌尔不但成了山达克的雇员，晏国福推荐他担任山达克公司巴方外围保安负责人、村民协调员。

经过与巴方兄弟的磨合，晏国福清楚地认识到，中国企业走出去的第一步，就是和当地人民交朋友，中巴友谊是实实在在的人心互换，绝对不是讲空话和观念输出就能打动对方真情的。只有相互之间理解支持，结成利益共同体和命运共同体，才能紧紧捆绑在一起。

经过矛盾冲突的双方都清楚，无论有什么分歧，诚信、兄弟、利益共同体才是合作的基础和核心。如果搞内斗，搞排斥，搞四分五裂，最后大家都会受害。

后来，晏国福要去杜达铅锌矿工作，分手的时候，萨乌尔真诚地对晏国福说："我舍不得你离开，如果山达克铜金矿你们中国人不干了，对我们的直接冲击就是医院没有了，学校没有了，就业没有了，物资采购没有了。我们的后代子孙都指望着这个项目，要吃饭，要发展，哪头轻，哪头重，这个利害关系我们是非常清楚的。"

晏国福感慨地说："萨乌尔，你受的教育不多，但眼光却特别犀利，你算起账来比我们中国人还精明，哪个实惠非常清楚啊。我相信有你们的支持和合作，山达克的明天会更美好，希望你发挥更好的作用！"

萨乌尔笑了："我们从合作中尝到了甜头，以后会越来越升级，胃口也会越来越高。我们不要原来那点小恩惠，我们要更高层更广阔的合作。我们的利益必须绑在一块儿，不然，我们会两败俱伤。"

晏国福说："你这个话说得很朴素，也很合情合理。放心吧，我们中国人一定会扎根山达克的！"

那个时候，谁也不曾料想，这一扎根，就是二十年，还将更长更远。

部落禁忌

安全至上，生命至上，正确处理好安全和发展的关系，是公司上下共识。只有保障了中巴员工的安全，稳定了军心，才能确保公司实现目标利益的最大化。

萨乌尔能够成为当地部族的主要人物，除了他自身的能力之外，还得益于他的家族背景。他的姐夫赛义德·阿克鲍在山达克方圆两百公里范围内，都极具号召力，是那种跺跺脚都会让山达克震颤的人。

阿克鲍是俾路支省查曼地区赛义德部落的头人。赛义德部落是俾路支族的一个跨国界部落，在伊朗、阿富汗都有自己的分支。

伊朗就是中国人熟悉的过去的波斯，除了中国和伊朗自古以来就有友好交往的真实历史之外，在金庸先生的武侠小说《倚天屠龙记》中，有一对母女给中国读者留下深刻印象，就是紫衫龙王和她的女儿小昭，而小昭后来回到波斯担任了明教波斯总部教主。

在山达克，赛义德部落首领采取世袭制度，部落首领是当地最有权势的人，由部落中最富裕的家族成员担任。

山达克处在金新月地区的核心地带，公司常年在这里施工，存在诸多安全风险问题。要保证山达克的施工安全，抵御外来的恐怖袭击，必须搞好与赛义德部落的关系。

在山达克，中国人自己虽然闹矛盾，但大家都有一个共识：中国人自己闹矛盾没啥，但跟巴方兄弟的关系一定要搞好，尤其是与当地部族的关系不能出一丁点儿问题。

这一点难不倒邹建辉。他把在国内军民共建、社区企业共建的成功经验搬到山达克一试，果然效果不错。

在中国人的语境中，大家都不容易接受头人或者头领这个词。按照中国的习俗，邹建辉他们当面或者背后都亲切地喊阿克鲍为"老地主"。当然，阿克鲍欣然接受了"老地主"这个昵称。

在中国人来到山达克之前，阿克鲍所在的地区没有通电，许多村庄连油灯都没有，到了晚上家家户户一片漆黑，除了野狼和山风的嚎叫外，几乎什么声音都没有。

当地人没有打井的习惯，他们喝的水都是地表水，而地表水在沙漠戈壁中是罕见的，除了人类取用，各种动物也都跑来饮水，因此，多数水源已被动物粪便污染。

山达克的蒸发量高于降雨量，下雨在山达克极其罕见，因此到了夏天这里更是干燥缺水，酷热难耐。除了低洼地带勉强存了一点地表水，这里几乎不适合人类生存。因此，赛义德部落里的人除了放羊，也没有什么其他生计可寻。

赛义德部落的老百姓既无技能也无产业，富裕人家能养几只山羊就算不错。自从中国人到来以后，整个山达克地区都变了样。山达克铜金矿给他们通了电、安装了电灯，也让他们看上了电视，阿克鲍这样的富裕人家还用上了电冰箱和洗衣机。

仅仅阿克鲍所在的部落里，就有三百多部落村民在山达克矿区工作，有的甚至一家两代都在矿区工作。

经过邹建辉的了解观察，阿克鲍为人仗义，还有一种穆斯林民族特有的英雄豪情，值得作为朋友深交。按照年龄计算，阿克鲍要比邹建辉年长二十岁，邹建辉就把他当成自己的长辈对待。每次去拜访都会带些礼物，这些礼物五花八门，比如牛羊、办公用品、丝绸等。

当然，阿克鲍也回赠一些礼物给中国朋友。在礼尚往来中，邹建辉和阿克鲍很快熟悉起来。

熟悉之后，邹建辉对阿克鲍承诺说："你家里九个孩子，他们的学习、就业等问题，需要公司帮忙的都可以直接告诉我们。孩子想上大学，或者到中国留学都可以，公司想办法。"

时间久了，接触多了，阿克鲍也感受到了中国人的真诚。他经常邀请邹建辉和同事到他家里做客。

在这里，就必须介绍一下巴基斯坦穆斯林的风俗禁忌了。

巴基斯坦属保守的伊斯兰国家，95%以上人口都是穆斯林。因此，巴基斯坦有着特有的风俗和严格的禁忌。

　　比如，不要用左手递东西和握手。他们认为左手是脏的，右手才是干净的。很多传统食品是用手抓食，但只能用右手。

　　另外，不能用左手拍打别人的肩膀，在中国这是一种亲密动作，但在当地是一种冒犯。巴基斯坦行握手礼，当然是用右手，朋友间握手时间越长，说明友谊越深厚。他们也有拥抱礼，双方通常要头靠左边拥抱一次，再靠右边拥抱一次，再靠左边一次，如此三遍，毫不马虎。对久别相逢的挚友、贵宾或亲人，他们通常还会给对方戴上花环。邹建辉就多次被阿克鲍戴过花环。要知道，花环在山达克可是稀罕物。

　　要是逢上穆斯林斋月，白天不吃不喝，需要等待天黑才能吃饭喝水。这里的斋月长达三十天，每天都是如此。每当这时候，一般下午不给巴方员工安排重体力活儿，中方员工在斋月期间要多承担一些。

　　在饮食上，当地不吃猪肉，可以吃牛羊和鸡。

　　当然，在公共场合绝对不能饮酒。中国人自己想喝酒只能偷偷喝，绝不能拉着巴基斯坦朋友畅饮。

　　当然，对巴基斯坦人要称呼姓氏，最好加上对方的头衔，比如阿克鲍村长、阿里经理。这种称呼方式跟我们类似，因此巴方兄弟从文化认同上也是我们的巴铁。

　　当地女人出门需戴盖头和面纱，外人绝对不能动女人的盖头和面纱，否则就是大大的失礼和冒犯。在与女士交往时要注意距离，男子不能接触女性身体，对蒙面女士更不要盯着看，外人未经同意是不能给女子拍照的。

老地主的威望

公司秉承"造福当地、共同发展"的经营理念，稳定与当地政府、部落等各方关系，把为巴基斯坦人民谋福利、办实事作为培植中巴友谊、展示中冶品牌的载体和企业文化建设的特色。

按照穆斯林的习俗，外来男性是不准许进女性房间的，但邹建辉与阿克鲍一家接触多了，忌讳也就慢慢少了，邹建辉也因此成为山达克的一个例外。阿克鲍对邹建辉说："我知道你们好奇我们的生活，你可以去我夫人、女儿的房间看看。你是我的孩子，就是我的家庭成员，我家里你哪里都可以去的。"

邹建辉知道阿克鲍把他当成了自己的亲人，但他更懂得尊重穆斯林的生活习惯。每次听完他都摆摆手说："下次，下次一定参观。"

生产进入正常轨道之后，邹建辉经常出差离开山达克，每次回来之后都要登门拜访阿克鲍。阿克鲍有什么困难也跟邹建辉互相沟通，能帮解决的邹建辉就全力解决。

当然，单靠这种私人交情还不够。后来，邹建辉就用中国改革开放让一部分人先富起来的办法，帮着阿克鲍办起了一些辅助性的小公司。山达克生产需要的煤炭、石灰、石英等物资，就请阿克鲍帮助采购一些货源。为此，阿克鲍安排长子常驻伊斯兰堡，在全国范围内帮助山达克采购所需物资。

阿克鲍家族富裕起来之后，就会跟中国人走得更近。这是人之常情。

除此之外，公司还多次邀请阿克鲍到北京总部参观，游览中国的大好河山、名胜古迹，了解中国文化、熟悉中国人民，铺就文化之路。

人心换人心。邹建辉和中国公司的人把阿克鲍当成好朋友，阿克鲍也把邹建辉他们当成自己人来对待。

山达克建设初期，因为工作理念的缘故，在我们看来加班加点工作是正常的，巴方员工却难以接受，动不动就要闹罢工，包括阿克鲍的妹夫萨乌尔都带头罢工。萨乌尔在晏国福那里碰了钉子之后，转身来找阿克鲍，没想到邹建辉早就请阿克鲍来做说服安抚工作了。在阿克鲍的斡旋下，双方最终达成了工作上的默契。

邹建辉离开山达克后，无论是魏盛远还是何绪平，都延续了与阿克鲍之间的友谊。公司只要有重大活动或者节假日，就请阿克鲍来参加，尤其是中国人会餐的时候，阿克鲍几乎每请必到，有时还带着夫人、女儿和当地朋友一起来。

当然，来而不往非礼也，阿克鲍也经常请中方人员到他家里做客，高兴了还会主动跳舞助兴。阿克鲍知道邹建辉和何绪平他们最喜欢吃的就是他做的土灶烤羊，每次请客前阿克鲍都乐呵呵地亲力亲为，经常搞得一身土一脸灰。

土灶烤羊就是挖了一个一米多深的地灶，把木炭烧红以后再把羊挂进去，然后盖上盖子，一个多小时之后烤出来的羊肉外焦里嫩，味道鲜美至极。

离开山达克之前，邹建辉带着魏盛远对阿克鲍说："这是我兄弟，我走后由他来接我的班，你们要好好相处。"

魏盛远离开山达克的时候，也同样按照这个程序把何绪平介绍给了阿克鲍。尽管在此之前，阿克鲍与何绪平早已是老朋友。但这是邹建辉和阿克鲍留下来的传统，谁也不能不遵守。

邹建辉离开山达克前，特意嘱咐公司领导班子成员："万万不能把阿克鲍这个关系弄丢了。我们与巴方兄弟的友谊，是无法用金钱买来的。他们给我们带来的安全，也不是金钱能买来的。"

魏盛远与何绪平先后接任后，不但继续维持着兄弟般的睦邻关系，而且越来越紧密牢固。他们坚信，山达克需要阿克鲍，有了阿克鲍，公司的安全就有了保障。

中方尊重阿克鲍除了私人交情外，更重要的是有意帮他在当地树立威望。阿克鲍有了威望之后，由他来帮助处理跟巴方的一些关系，比我们自己出面容易得多。

怎么帮助阿克鲍在当地树立威信呢？实践过程中，大家摸索出一套好办法。为当地村民做一些实事，解决当地村民无法解决的教育、民生等问题。

中方在山达克建起一所医院，可以做一些简单的手术，配备了CT和心电图机等医疗设备，在方圆几百里之内是最好的医院。当地所有百姓来这里看病，诊疗服务费全免。最初，医院的药费对村民是付费的，而公司员工的药费只出一半价钱。

阿克鲍一看，村民的待遇不如员工待遇啊。他就来找魏盛远商量怎么办。魏盛远说："我和公司班子成员商量商量，看能不能让村民享受职工待遇，医药费一样减半收。"

当地村庄里没有通电，阿克鲍又找来了，公司就给附近村子架线通上电。开始是最近的村庄，陆续又给比较远的村庄，现在山达克周围所有的村庄，都免费用上中国公司的电。

连村民盖房子，阿克鲍都来公司寻求帮助。除了免费提供钢筋水泥，公司还给每个村里都打了深井。

后来，公司每年还学习中国的扶贫办法，对当地贫困的村民进行扶贫，不但送羊、送面、送油，还手把手教他们致富，把中国扶贫的经验传递到了山达克。

山达克当地水质差，从深井里抽出来的水都是盐碱水，很难下咽。为此，公司购买了一套净水设备，解决了公司的饮用水问题。

阿克鲍来公司吃饭，一喝公司的水，跟他平时喝的水不一样，就对邹建辉说："我们村民能不能也喝这种甜水啊？"

邹建辉大手一挥说："没问题。"

为解决当地村民喝水难问题，公司定期用大篷车送水到村里，此后，村民喝的水都是公司净化以后的水，而且都是免费的。

这其中还有一个发生在何绪平时期的小插曲。因为净水设备运行多年，备件一时没供应上，净水设备不得已停了两天，公司所有人都没有净化水喝，当然也就没有及时给村民送水。

谁也没想到，当天晚上公司门口就聚集了一大批村民，高喊着："甜水！甜水！我们要甜水！"

何绪平无奈地请来阿克鲍，带着村民去看了看净水设备。阿克鲍又亲口尝了尝中国人喝的水也是没净化的盐碱水，这个小风波才平息下来。

随着山达克的壮大，周围村子里的孩子越来越多。为了让当地孩子能安心读书，公司先后在附近村庄建起了四所学校，其中小学三所，还有一所六百名在校学生的高中。

所有建学校、请老师及学校的其他费用，甚至学生的书包、书本费都是公司投入的。为了接送学生上下学，公司专门购买了几辆考斯特中巴车作为校车，安排司机专为学生服务。

当然，山达克的教学语言别具特色，山达克学校采取英语、中文、乌尔都语三种语言教学。二十年来，山达克这四所学校成为当地教育质量最好的学校，也是学生考到外地读大学最多的学校。

中国公司除了给优秀的学生发奖学金外，所有考到外地读大学的费用都由公司出，学生出国留学的费用也是公司出。二十多年来，山达克学校走出来的留学生就有二十多个。至于考到当地大学的学生，更是数不胜数。

而这些孩子，在入校之前大多是放羊娃。

以老地主阿克鲍为例，他共有九个孩子，其中排名第七的儿子哈比卜生于1989年，阿克鲍从小把他送到奎达读书。2002年中国人在当地建起学校之后，当地学校教学质量越来越好，在哈比卜十三岁的时候，就把他接回山达克读书。

2008年8月，哈比卜来到中国留学，从北京语言大学学成回国后，进入山达克公司工作，现在已担任巴方综合管理部总经理助理。父辈留下的中巴友谊，在这位身高一米八的大帅哥哈比卜身上延续着。

而哈比卜的小弟也刚刚从马来西亚留学归来。

而比哈比卜小三岁的穆罕默德·塔黑尔，他的父亲是山达克车队的大车司机。小时候，父亲为了让塔黑尔接受更好的教育，就把塔黑尔送到在城市里生活的祖父母那边。随着山达克小学的建立，2000年父亲把塔黑尔接回山达克小学就读。

没有读过书的塔黑尔的父亲，共有五男四女九个子女，塔黑尔是家里的长子，因此他被赋予更多的期待。塔黑尔也不负所托，2016年从俾路支大学地质勘探专业硕士毕业后，他没有留在奎达工作，而是毅然决然地回到了山达克进入中国公司，并参与了东矿体的地质勘探工作。

塔黑尔在山达克上学是全部免费的，在外地上大学的所有费用，都是中国公司资助的。当然，这种资助不仅仅是针对某个人，而是对山达克的所有学生，都享受同样标准的资助。

塔黑尔之所以愿意回到山达克工作，除了他对家乡的这份感情之外，更重要的是报答中国公司对他家庭的帮助。在他的弟弟妹妹中，目前一个弟弟正在上大学，每月能拿到大约一千六百元人民币的资助，一个弟弟在山达克上高中，准备考大学当医生。除了两个妹妹已经结婚外，还有两个小弟弟两个小妹妹都在山达克学校就读。可以毫不夸张地说，正是山达克的学校，改变了他们一家的命运。

这些年来，中国公司仅在山达克教育方面的投入，就达上千万美元。当地学生纷纷走出山达克到大城市读大学，或者到国外留学，留在当地的村民生活质量也得到很大提高，当地村民除了感谢中国人外，或多或少地把这些感恩的心情，记在了部落头领阿克鲍的头上。

阿克鲍在当地有着绝对的威信，周围的村民也凝聚在他身边。甚至中国公司在当地招工都请阿克鲍面试把关，他签字后公司才会录用。

阿克鲍经常代表部落跟中国公司协商解决当地遇到的一些问题，向中方提一些要求。当然，阿克鲍也非常讲道理，一些能办的中方肯定给办，有些不能办或者实在办不到的，跟阿克鲍解释清楚，他再回去帮中国公司做一些解释工作，就起到中方与当地人的桥梁和纽带作用。

除了巴基斯坦政府派出的边防军守卫着山达克的安全外，中方还依托阿克鲍组织成立了五十人的保安队伍，负责公司外围的巡逻保卫工作。

不能小看这个由当地人组成的安保队伍。他们在巡逻期间，曾在公司外围的防护网外发现一批可疑人员，等他们追过去之后，在现场发现五件炸弹背心。如果不是发现及时，有可能发生针对中方员工的恐怖袭击。

更惊险的是有一次中方得到情报称，阿富汗某恐怖组织和巴基斯坦恐怖组织联手，已经在边境上集结，准备偷袭山达克营地。阿克鲍得知后，亲自带上自己的人去阿富汗沟通做工作，成功阻止了这次恐怖袭击。

阿克鲍这种独闯龙潭虎穴的壮举，并不亚于《三国演义》中关羽的单刀赴会。

而那些恐怖组织目的就是破坏中国的"一带一路"上的

关键节点。他们能够给阿克鲍面子，殊为难得。

由于山达克距离阿富汗和伊朗比较近，在这片金新月的核心地区，恐怖袭击如同家常便饭，而阿克鲍的赛义德部落已经和中国矿区的命运紧紧连在一起，他们不可能坐视不管。对此，面对前来采访的《光明日报》记者周戎，阿克鲍信心满满地说："山达克矿区就是我们的家，是我们的生计和发展所在，我们像保护自己的眼睛那样保卫矿区。这里不仅有边防军，还有我们强大的部族武装。这里距离伊朗只有十五公里，距离阿富汗只有二十公里，三国交界处虽然很乱，但我们赛义德部落是跨国界部落，我们在伊朗有一百人的武装，在阿富汗有五十人的武装，在我们巴基斯坦这边有三百多人的武装，一旦恐怖分子胆敢侵犯我们，他们将无处可逃。如果他们越界逃跑，我们无须烦劳伊朗和阿富汗政府，国界对我们部落不起作用，我将亲率赛义德部落武装越界追击，我们在伊朗和阿富汗的赛义德部落武装也会一道夹击。用你们中国人的话说，我在这里跺跺脚，整个山达克都有回响。"

多年来，俾路支省多个地区都发生过恐怖袭击事件，但山达克中国矿区二十年来一直平平安安，没有任何恐怖组织进入中国矿区捣乱。这难得的安全环境与阿克鲍的关系密不可分。

小少爷哈比卜

中巴特殊友谊深深植根于两国人民心中。在这个戈壁滩的矿山项目上，一代又一代中巴年轻人传承着中巴友谊，不断加深，为中巴兄弟般的情谊提供着自己的注释。

老地主阿克鲍的儿子哈比卜，被中国员工亲切地称为小少爷。

出生于1989年的哈比卜是个大帅哥。用中方翻译王瑜的话说，哈比卜长着一张标准的鹅蛋脸，满满的胶原蛋白，大眼睛，卷翘的长睫毛，笑起来像婴儿一样甜。

因为曾经留学中国的缘故，哈比卜在与中方员工的接触中，就有了更多年轻人之间的默契。

在山达克工作的巴基斯坦人，操着各种各样的语言，有的说乌尔都语，有的说俾路支语，有的说普什图语，还有具有巴基斯坦特色的简单英语。因为中国人在山达克已经扎根数十年，还有一小部分当地人会讲简单的中文。虽然大家对某些单词都能明白对方在表达什么意思，但语言不通，沟通毕竟受限。

生于1992年的王瑜是来自浙江的小美女，担任中方高级翻译。她比哈比卜小三岁，因为工作关系与哈比卜很熟悉，加上哈比卜又在中国留过学，每次王瑜都亲切地喊哈比卜"小少爷"。

一天下午，综合业务部新到了一批文具，王瑜一个小女孩在文具仓库里挥汗如雨地整理，实在忙不过来，就喊了几个楼道里的巴方工人帮她一起整理。这时候，闻讯而来的哈比卜走过来喊着王瑜的英文昵称问："Fish, Can I help you? "（小鱼儿，我能帮忙吗？）

王瑜一看工作快做完了，便随口说："No，thanks! "（不用了，谢谢！）

哈比卜见王瑜拒绝了他的好意，连忙问道："Why? "（为什么啊？）

王瑜无心中调侃了一句道："Because，because you are rich! "（因为你很有钱啊！）

其实作为翻译的王瑜本来想说，你是个少爷啊！按照中国人的语境，王瑜的潜台词就是说，算了吧小少爷，哪有让你这位小少爷干粗活的，这种打扫的活儿还是交给我们打工的来干吧！

但是，王瑜一时之间忘记了少爷这个词怎么表达，慌忙中就变成了"因为你很有钱啊"。

王瑜跟哈比卜是年龄相仿的好朋友，两人打打闹闹开玩笑惯了。王瑜本以为哈比卜呵呵一笑就会走开，或者像平素逗乐时那样，身材高大的哈比卜像捏小猫脖子一样，捏着身材娇小的王瑜的后脖子，跟她开几句玩笑就结束这场调侃。

可是这次让王瑜大跌眼镜的是，哈比卜忽然睁大了双眼，庄重的语调也有点提高："No! because you are my friend!"（不，因为你是我的朋友！）

王瑜心里咯噔一下，这句话在她耳边回响了好几遍："不，因为你是我的朋友！"

这本来是轻描淡写的一句话，也是无关紧要的一件小事，或许哈比卜并没有放在心上。但女孩子的心是敏感的，在此后的日子里，王瑜却常常想起这句话，心里漾起莫名的感动。在王瑜看来，哈比卜有一颗简单的、善良的心。他的逻辑也很简单：因为你是我的朋友，只要是你有难处，作为朋友的我必须暖心地问一句，我能干点什么？我能帮你做什么？

而在中国文化环境中长大的王瑜，当然有意无意地把哈比卜当作山达克的小少爷。

这是文化环境不同所产生的碰撞。在中国文化中，我们的老祖宗早就说过，以利相交，利尽则散；以势相交，势去则倾；以权相交，权失则弃；以义相交，地久天长。

其实，每个民族都有不同的生活态度和不同的生活方式，只要适合自己就好。

就像王瑜眼里的哈比卜，这位小少爷就像巴基斯坦人的典范。他一年中有很长时间都在休假，即便坐在办公室里，大多数时间都在玩手机，和他的朋友们说着悄悄话，上传他打猎的照片，吃着碟子里的饼干，一副优哉游哉的样子。

哈比卜的父亲阿克鲍是当地部落首领，但哈比卜平时无论对巴方同事还是中国同事，没有任何少爷架子，都是一视同仁的和善。

2021年开斋节过后的一个晚上，阿克鲍全家邀请中国人到他家吃晚餐。由于有北京来的客人，阿克鲍就领着客人到内室去参观里面的房间。

当时，哈比卜也邀请了王瑜一起到家吃饭，因为她跟哈比卜的姐妹们很熟悉，所以在内室里聊天。中国客人好奇，让王瑜帮忙拍照的时候，女眷们看到相机纷纷用头巾遮起面部，但只觉得新鲜的中国男客并不清楚是什么原因。

很显然，女眷、老地主和中国客人们一起入了镜。

王瑜了解当地的风俗，未经同意是不能给女眷拍照的，况且是在她们的内室里。虽然没有一个人因此而生气，但王瑜已经觉得无意中犯了穆斯林的忌讳。正在她准备删除照片的时候，哈比卜走过来，按照中国人的习俗用右手拍了拍王瑜的肩膀说："Fish, You can keep these pictures by yourself, it's no problem, but don't show to other people."（小鱼儿，这些照片你自己留着完全没问题，就是不要给别人看哟。）

王瑜连声答应："Of course!"

在前文中我们已经介绍了穆斯林的民族风俗，男客是不能进内室的，更不可能把女眷们拍进照片。而哈比卜邀请王瑜到家里，就像阿克鲍邀请邹建辉到家里一样，他们把对方当成了好朋友。

就像阿克鲍对中国人常说的一句话："We are family."（我们是一家人）。这其中有冠冕堂皇的客气，也有唇齿相依的真挚。

我们常常在小视频中看到中国游客到巴基斯坦买东西时，很多巴方朋友都不要钱，称中国人是好朋友，不该要钱的。

这其实是小少爷哈比卜他们的共同特点，如果你托他买点东西，他是死活不肯收你的钱的。王瑜曾经托哈比卜从奎达买过各种各样的东西，比如零食、遥控器、饰品等。每一次王瑜问哈比卜花多少钱时，他就又会瞪大双眼对王瑜说："No！"

无论王瑜托哈比卜买贵重还是便宜的东西，他每次都是一分钱不肯要。没有办法，王瑜回国休假时，就想方设法给哈比卜带一些差不多价值的东西，算是礼尚往来。

也许你以为哈比卜有钱任性，可这是穆斯林的民族习惯。王瑜的其他巴方同事，也跟哈比卜同样的做派，每次帮着买东西回来都要说："你们是我的中国朋友，不要钱！"

而王瑜注意到，巴方朋友收到中国朋友的礼物时，他们总是手掌摸住胸口，微微颔首，一遍一遍说着谢谢。

在巴基斯坦兄弟心里，馈赠他人是快乐的，而接受馈赠却让他们失去给予的快乐。

巴基斯坦的穆斯林可以娶四位妻子，而有钱人家的少爷往往以娶一个外国人当二房太太为荣。有时候开玩笑，哈比卜会对王瑜说："小鱼儿，做我的二房太太吧。"

每次王瑜都鸡啄米一样高兴地点头说："好呀好呀，不过我要当大房。"

尽管哈比卜并不完全理解中国女孩为什么一定要当大房才行，但他和王瑜都知道这只是一个玩笑而已。

哈比卜很少有什么烦恼的事情挂在心上。不过，眼看就要结婚了，哈比卜却没有表现出特别高兴的样子。王瑜总觉得人逢喜事精神爽，忍不住逗哈比卜说："哈比卜，你的婚礼是什么时候啊？"

哈比卜兴味索然地说："也许，一两个月吧！"

哈比卜对婚事并没有太多的兴奋。王瑜觉得，或许是因为按照当地部落的习俗，婚姻都是家族包办。所以，留过学的哈比卜尽管恪守着穆斯林的传统，但他并没有体会到恋爱的甜蜜，将来和他相伴一生的妻子，对他来说还没有揭开神秘的面纱。这种神秘却对哈比卜并没有太大的吸引力。

而哈比卜得知王瑜也有了男朋友之后，兴冲冲地问王瑜："你的婚礼什么时候举办？你要邀请我参加你的婚礼！"

王瑜告诉哈比卜说："跟你差不多时间吧。"

哈比卜用夸张的语气说："噢！是真的吗？你不是要当我的第二个妻子吗？"

　　王瑜也开玩笑说："就是因为你要举行婚礼了呀！我怕你真的强娶我当二房，所以我只好把自己也嫁出去了！"

　　听到两人斗嘴，大家都乐呵呵地笑了，谁也不会当真，谁也不会多想。虽然两人民族习惯不同，但却有着真挚的友情。

　　在山达克工作的时候，王瑜有时候想，如果有一天自己要离开山达克，内心一定会是忧伤的，即便多年之后，她也一定会想念山达克，想念她的好朋友哈比卜。

▼ 竞赛活动

第七章

兄弟同心

中国企业走出去的第一步

就是和当地人民交朋友

中巴友谊是实实在在的人心互换

讲空话和观念输出换不来真情

只有结成利益共同体和命运共同体

友谊的双手才能紧紧握在一起

▲ 琢磨

▼ 技能比武现场

▲ 技能考试现场

▼ 现场教学

阿里在进步

山达克项目是集采、选、冶为一体的大型联合企业，各单位岗位不同，员工工作环境、使用设备、工艺都不一样，公司通过举办各类通用技术工种培训班，以"传帮带"方式，开展中巴"师徒结对"，培养各类人才队伍。

1966年出生在奎达市的拉姆赞·阿里，整个职业生涯都是在山达克度过的，并从一名学徒工一路升任巴方副总经理。

当然，阿里不是普通的学徒工，而是一名大学生学徒工，但他这个大学生，却一直走在学习的路上。

1994年阿里从俾路支工程大学毕业后，就作为山达克的第一批学徒工，被派往中国江西的德兴铜矿学习。他的中国老师是比阿里年长八岁的江西铜矿工程师张自豪。

在江西学习半年之后，阿里就回到了山达克工作。但因为中方交钥匙之后，巴方只生产了两个月就停工了，阿里只好离开山达克，回到奎达另谋出路。

2002年10月，正在奎达的阿里突然接到张自豪的电话："我来巴基斯坦了，你来山达克找我吧！"

阿里是个热情直爽的人，一听中国老师来了，就连忙赶到山达克。在张自豪的劝说下，阿里就留在了山达克担任选矿厂机械工程师，具体负责生产设备的维护和检修等技术工作。

何绪平担任人事部经理之后，对山达克的人员配置进行规范调整，公司总经理由中方担任，副总经理由中巴双方人员担任。基层管理人员的配置中，也是中方人员担任部门经理，巴方人员担任副经理。

这种配置是为了各负其责，各个层级的管理人员也都习惯了这种各负其责的运转模式。对于这种人员调整模式，巴方人员也感觉比较公平。

随后，公司逐渐将正直、有能力、有威信的巴方人员，提升到各级工作岗位上，从班组负责人、车间负责人一直到副总，都有巴方人员担负重要的管理岗位，巴方队伍建设慢慢走上了正轨。

阿里就是从一个学徒工，逐渐走上领导岗位的。

尽管阿里是当地少有的大学生，但他每次都积极参加公司举办的形式多样的培训活动，努力提高技术水平，很快成长为选矿厂的巴方技术骨干。

为了尽快提升巴方员工的业务能力，公司专门针对巴方员工开展了"师徒结对"培训活动。为了提高阿里的专业能力，在张自豪的推荐下，公司专门指定来自江西德兴铜矿的技术专家何德生与阿里签订师徒协议，手把手地向阿里传授机械专业技能。

何德生比阿里年长十三岁，是一位技术高超的好老师，而阿里更是个努力学习刻苦钻研的好学生。几年下来，阿里的理论知识和业务水平都实现了质的飞跃，很快成为能独当一面的技术人员。

作为技术人员，阿里的组织能力在一次事故中得到了所有人的认可。

选矿厂的主要机械是球磨机。正当阿里准备休假回奎达的时候，一台球磨机发生堵塞，又产生移位。

我们不要把球磨机想得太小，这种球磨机是可一次性研磨上千吨的大型机械。做一形象对比，你若把家里厨房用的豆浆机当作球磨机的话，那么豆浆机不过是一粒小米。

这么大的球磨机坏了，不是三五个人能修好的，需要一个很大的团队联合作战。正当阿里要回奎达的时候，中国老师何德生拦住他说："我这里缺人，你得想办法给我找七十个人来一起干。"

阿里二话没说就答应下来，当即找来七十多位巴方员工，经过几天的努力，把球磨机里的四百五十多吨矿石挖出来，修复了球磨机。

正当大家轻呼一口气准备恢复生产的时候，却被阿里拦住了。他拉着何德生说："球磨机移位了，如果继续生产，就会砸坏电机，必须让球磨机归位固定好，才能继续开机。"

何德生跟着阿里来到电机旁边一看，现场的景象让他大吃一惊：倾斜的球磨机已经压在电机上，再次移位的话，很可能造成机毁人伤的大事故。

随后，在阿里的指挥下，测量定位、挖出矿料、千斤顶归位、打深桩用电焊固定球磨机，四个程序一气呵成。

阿里的专业能力在这次应急事件中得到淋漓尽致的体现。此后二十年，这台球磨机死死定在了原地，再没移动过。

阿里只认为这是一件正常的工作，修复好球磨机后就回奎达探亲了。等他回到公司后，人事部经理何绪平找上门，让阿里参加针对巴方管理人员开展的企业管理知识讲座。阿里觉得正好弥补一下他在管理经验方面的不足，就乐呵呵地去了。

阿里没有想到，在学习过程中，他还得到了与公司总经理邹建辉面对面沟通的机会。这次谈话，不仅拓宽了阿里的视野，也使他对公司的整体运作有了一个较为全面的认识。

由于工作表现突出，阿里被提升为选矿厂经理助理，主抓生产设备的技术管理工作，同时协助经理进行巴方员工队伍管理。

尽管阿里从公司的管理培训中学到了一些有用的知识，但由于经验不足，他在实际工作中仍遇到了一些困难。但中国人的做事方式与众不同。何绪平和选矿厂的领导经常找阿里谈心，不仅教给他许多提高管理水平的方式方法，还在生活上给予无微不至的关怀和照顾，既解决了他的后顾之忧，也使他更加明确了自己的工作性质和努力方向。

此后，阿里迅速成长起来，不仅工作效率逐步提高，协调处理各项事务时也更加得心应手。随后，公司让阿里全面接触选矿厂的生产和管理工作，并安排阿里和多名巴方管理人员到中国大型矿山企业参观学习。

阿里在学习中感受到了中国现代化的企业经营理念，又学到了许多先进的管理知识和实用的工作方法。回到公司后，阿里以更加积极主动的姿态投入日常工作。用阿里自己的话说，就是把山达克当成了自己的家。

2008年，阿里迎来了个人职业生涯的新的转折点。在选矿厂连续五年圆满完成公司下达的生产任务后，2008年1月，公司任命阿里为选矿厂巴方经理，不仅全权负责巴方员工队伍的管理工作，还参与整个选矿厂的计划制定、生产运行和对外协调等项事务。

2018年7月，何绪平担任董事长的时候，阿里担任了巴方副总经理。

从阿里个人在山达克的成长历程中可以看出，中国公司一直非常重视对巴方员工的培训工作，始终尽最大努力为员工提供广阔的上升空间和优越的发展条件。在这种环境下，越来越多的巴方人员鼓足干劲，奋发向上，学到了先进的技术，在工作中发挥出更大的作用。同时，还有许多业绩突出的巴方员工，像阿里一样走上管理岗位，成为各单位领导层的一员。

这些巴方兄弟的成长进步，不仅实现了个人的人生价值，更体现了中巴兄弟的深厚感情。

坚盾伊布拉罕

由于中方员工往返休假过程中路途遥远，从奎达通往山达克的道路地形复杂路面狭窄，途中为了提防恐怖分子袭击，边防军每次在中方员工外出时，都要派出护卫车辆进行保护。

这些护卫车辆除了防爆车辆外，还有我们常见的皮卡，在皮卡车顶上架上一挺机枪，成为防范恐怖袭击的主要火力。

在奎达与山达克必经之途的中间地带，有一个巴基斯坦的军用机场达尔坂丁。为了减少长距离奔波和途中风险，经过多方斡旋，达尔坂丁机场成为中方员工往返的中转机场。

中方员工每次往返达尔坂丁，都需要边防军武装护卫。护卫车辆与中方员工乘坐的大巴车，始终保持两米左右的间距，这就要求大巴车的巴方驾驶员头脑机警敏捷，驾驶技能高超，责任心要强，最好能和中方员工进行简单的语言沟通。

最终，当时三十出头的巴方员工伊布拉罕在众多司机中脱颖而出，担当起了驾驶大巴车的重任。

伊布拉罕做事非常认真，每次出发之前，总要对车辆内外进行清洗，同时认真维护保养车辆，发现问题及时汇报，在驾驶过程中全神贯注，尽量减少急刹车以保证乘车者的舒适度。十几年来，他总是能够顺利完成每次外派任务。

公司之所以选择伊布拉罕担任大巴车司机，还有一个原因是，他1973年出生在达尔坂丁，对路况和当地的风土人情都比较熟悉。

另外，伊布拉罕2003年1月就来到山达克的车队工作，平时吃苦耐劳爱岗敬业，为人正直善良乐于助人。每次到达尔坂丁机场接休假归来的中方员工，伊布拉罕都像见到久别重逢的老朋友一样热情。

由于和中国人长期相处，纯朴善良的伊布拉罕也会说几句简单的中国话，"没有问题，朋友"成了他的口头禅。

2018年8月11日上午十点左右，伊布拉罕按照常规开车送十八名休假的中方员工前往达尔坂丁机场回国。

在距达尔坂丁机场七公里处，一辆逆向行驶的皮卡车在与我方大巴会车时突然爆炸，面对突然袭来的爆炸碎片和灼热的气浪，伊布拉罕猝不及防。他闭上眼，一脚猛踩刹车，双手紧握方向盘，稳稳地将大巴车停在了路边。

伊布拉罕头上流下来的鲜血糊住了眼睛，但他知道眼前是爆炸过后烈焰熊熊的皮卡车。他用烧伤的手臂擦了一下眼睛，没想到脸上的皮和胳膊上的皮同时秃噜下来。他顾不上喊疼，跳起来扑向车门，一边开车门一边用中文高喊："快，快下车！"

伊布拉罕清楚，汽车炸弹爆炸之后引燃了皮卡车，万一车辆燃烧之后引爆油箱，就会带来二次伤害。所以他第一时间打开车门帮助中方同事尽快转移。

这时候，一位慌忙中下车的中方员工，突然要返回车上去取行李。伊布拉罕伸出受伤的胳膊死死拦住说："你快跑，我帮你拿！"

等中方十八名员工安全转移到护卫的军车上之后，伊布拉罕冒着熊熊烈火，独自把中方人员的行李物品全部搬离大巴车。他将所有行李搬运完毕之后，顿时像散架一样瘫坐在地上。

伊布拉罕在恐怖袭击中不顾个人安危的英勇行为，感动了所有惊恐的中方员工，当他们回过神来把情况报告给山达克时，也感动了身在山达克的何绪平董事长。

他立即指示中方在场人员，同时请求巴基斯坦边防军协助，将伊布拉罕送往卡拉奇最好的医院进行救治，并安排专人进行陪护。

一个多月后伊布拉罕痊愈出院，何绪平董事长、张志军总经理等公司领导亲自赶到达尔坂丁机场迎接。同时，公司召开全员大会，号召全体中巴员工向伊布拉罕学习，并将他的英勇事迹广为传颂。

心怀感恩之情的伊布拉罕回到山达克后，在伤口刚刚恢复仍需疗养的情况下，就不顾劝说积极投入工作当中，并再次担负起护送中国员工进山出山的重任。他这种顾全大局、恪尽职守的精神，深深感动着所有中巴员工。

挺身而出为中方兄弟挡住汽车炸弹的伊布拉罕，被中方兄弟亲切地称为"山达克坚盾"。

山达克语

从"走出去"到"走进去"，中国企业如何在海外生存，真正融入当地，其实是中国企业面临的最大问题。公司领导班子和全体员工在中冶集团的坚强领导下，二十年风雨兼程地摸索出一条自己的道路，铸就了山达克人永不言弃的"扎根"精神，不仅在巴基斯坦一个穷乡僻壤的地方，开拓出一条互利共赢，可持续发展之路，而且摸索出一套海外企业的发展经验。

一是要讲规矩，遵守国际规则。具体来说就是规范经营，尊重专业规律，尊重标准规范，做任何事情都要按照标准、按照程序做，不能乱来。在海外生存，所有一切经营活动都是市场的选择，除了对员工做到公平公正，对待产品质量更要严格把控，与伙伴交流始终秉持一种公平公正的理念和原则。大企业有大企业的规范，绝不能在利益面前乱来。

二要讲德行，体现以人为本的理念和精神。以山达克为例，因为当地没有工业基础，只有原始的畜牧业，巴方员工来山达克之前完全没有工作经验，如何促进当地员工成长是个重要问题。首先我们要进行专业教育和系统培训，并通过工作实践不断鼓励他们成长，然后把他们安排到重要岗位上使用。成长是最好的以人为本，而使用是最好的培养。

三是人文融通，中国文化与当地文化必须做到有机融合。就像红歌所唱的，我们共产党人好比种子，人民好比土地，我们走到哪里，都要和当地人民结合起来。

四是做到民心相通，与当地人民互相支持、互相关心。山达克员工绝大多数是当地人，管理人员基本上是一比一的配置，每个层级都是中巴双方人员共同担任，人数上巴方人员甚至多于中国人。像运输车队原先由中国人负责管理，后来所有大车运输全由巴方负责。还有很多操作性岗位，比如说几十人的爆破班组、几十公里长的尾矿管线的管道维护，都是巴方兄弟在尽心尽责。

巴方兄弟来山达克之前，半数以上都是大字不识的文盲，大专以上学历的只有几十个人，连十分之一都不到。最初在山达克工作的巴方兄弟大约八百人，有四百左右是文盲。经过二十年之后，现在山达克就业的一千七百多巴方人员中，文盲没有增加，反而大大减少。

在消除文盲这方面，中国公司功不可没，一是他们在当地开办了四所学校，二是公司对员工进行了全员文化教育。而对那些实在学不进去的人，多数安排在安保、基建系统，以及厨师等后勤系统。

何绪平本来雄心勃勃想搞一场扫盲运动，无奈很多人实在学不进去，强迫学习又不合适，只好作罢。

这么说吧，在山达克，有文化的巴方人员很多都成为管理和技术人员，没有文化的巴方兄弟变成熟练的产业工人。山达克为当地解决直接就业机会近千人，同时也带动了其他行业的间接就业。

邹建辉、魏盛远、何绪平等几代山达克人，都在当地人才培养方面做出了巨大努力。刚到山达克之后，在邹建辉的主导下，山达克办了双语培训班、技能培训班等各种学习班，培养中巴双方人员学习对方的语言，《人民日报》就曾报道过当地中文培训班。为了教学需要，由内部员工编写了各种教材，中方人员学当地的语言和英语，巴方人员学习中文。

在技能培训上，每个班组、每个车间都成立了培训机构，让双方在基本语言交流上能够听得懂。当然，遇到专业问题，还要翻译在场，因此每个单位都配备了翻译人员。

为了双方人员的沟通更顺畅，他们先培养当地人当中的佼佼者，再让他们去教自己部门的人，这样沟通起来就容易多了。

巴基斯坦的官方语言有两种：一种是本地语言乌尔都语；另一种，因为巴基斯坦曾长期受英国统治，所以英语也是巴基斯坦的官方语言。加上中文，山达克就有三种官方语言并存。

使用乌尔都语的人，主要是当地没有读过书的人。而读过书的人，多数都懂一些英语。在这种情况下，每个车间和重要岗位，都安排中巴双方有文化的人，让他们沟通之后再去培养下面的人。

实践是最好的学习。通过二十年的磨合，尽管中方的英语和乌尔都语都不标准，但无论谁说一个单词，不管是中文、英文还是乌尔都语，双方都明白对方要表达的是什么意思。

在一句话里，往往有三种语言，加上手势等肢体动作，形成了独特的山达克语，所有人也都习惯了这种独特的语言。

比如说到酒，在英语语境里，就是beer。但当地穆斯林忌讳提到酒字，在山达克特有的语言中，酒就变成了Chinese water，直接翻译过来是"中国水"的意思。但山达克人都知道，这个"中国水"肯定就是酒。

再比如吃饭，所有人只要说"米勒米勒"，都知道是开饭的意思。

语言的问题解决之后，技能培训也是难题。有些成长速度快的巴方代表，比如后来成为副总经理的阿里，就跟中国专家结成对子，由中国专家培养专业技能，他学会后再带着巴方兄弟学习，形成了山达克特有的传帮带传统。

当然，这些巴方带头人也得到了公司重用。他们中具有管理能力的人担任了班组长、车间主任、厂部领导，一直到担任公司的管理层，逐渐形成良性成长环境。

除此之外，针对有文化、有专业知识又愿意学习的巴方兄弟，公司把他们送到外边，送到巴基斯坦的大学或者中国培养。

一位当地大学生应聘到山达克后，何绪平发现这位大学生是可造之才，和班子成员商量后，出于培养当地人才的初衷，公司把他送到中国昆明理工大学读研究生，提供全部学费、路费，直到培养成博士。

这是从山达克走出来的第一位博士，毕业回到山达克后担任了地质工程师。他本人非常希望以自己的学识报效山达克，但在巴基斯坦的俾路支省，留学博士已经是高水平的专家。当地政府有关人员来找何绪平谈话，希望这位博士到大学里担任教授。

何绪平把那位博士找来问："你愿意离开山达克，去当大学教授吗？"

那位博士点点头，又摇摇头。

何绪平见此情景，一下明白了他的心思，他既想离开山达克去大学任教，又觉得是中国人花钱培养了他，他要是离开会对不起山达克。

何绪平坦诚地说："前期我们把你选送到中国留学，本来是想为山达克所用，别人挖走你我们当然舍不得。但为了中巴友谊，为了巴基斯坦的建设大业，也为了你的个人前途，我们再舍不得也要舍。只是你要记住，你是带着我们山达克精神和文化走出去的，给你们自己的国家服务，比给山达克服务的意义更大！"

除了这位博士，山达克还有多位到中国留学的学生。前文说到的阿克鲍的儿子哈比卜，在北京语言大学深造后，再次回到山达克担任了巴方高管。

除了专业技术人员，还有一个学医的女孩，山达克资助她到省城学习医术和护理技能。这个女孩毕业后，回到山达克医院工作，为当地百姓提供诊疗服务。

山达克迅速发展起来后，吸引了方圆几百公里内的人员。他们甚至把家迁到这里，慢慢形成了周围村庄，又由几个村庄慢慢形成了一座中国城。

在这座中国城里，水电、医疗、教育基本都是免费的。山达克小学从最初的六十多名学生，经过二十年的变迁，变成了三所小学和一所六百多名在校生的高中。这四所学校的费用全由中方提供，山达克高中也成为方圆数百公里内最标准的高中。

除了英文和乌尔都语，这四所学校的第一外语，当然是中文。

这四所学校的教师，都是山达克公司聘请的，但中国公司主导把管理权交给了当地教委，由当地村长和村民代表联合管理学校。

这些年来，公司一直秉承投资教育的理念，对于教育的支持是多方面的。除了资金支持，每周还安排青年助教团，由二三十个青年人长期到学校义务教中文。为此，他们专门从中国买来对外汉语教材，还在学校里设置了中文角。

除了教育，中方随时关注周围村庄的需求，特别是对困难群众的帮助，对民生的支持，如供水供电、医疗教育、学生培养等方面，基本都是免费的。巴方兄弟的家庭出现困难的时候，中方都给予支持。在新冠疫情肆虐期间，中方给每家每户买米买面，开展疫情检测、诊疗和疫苗接种，是首家为巴方员工和村民接种疫苗的中资企业。除此之外，中方每年定期多次对周围群众和孤寡老人、贫困人口送温暖，解决他们的基本生活问题。

在山达克，大家必须抱团取暖。

▼山达克夜色

第八章
经济走廊

中国企业拓展境外发展空间
既是为了建设中巴经济走廊
又是响应"一带一路"倡议
更是为了家国天下

北矿体开工

中冶集团资源开发有限公司总经理张志军
宣布南矿体扩帮工程开工

▶ 2018年元旦中巴员工迎新年徒步活动启动仪式

◀ 东矿体基建剥离开工启动仪式

▶ 南北混选均衡配矿大小矿车同时卸矿

时间换空间

何绪平从2013年担任中冶资源公司副总经理进入管理层，2016年担任常务副总经理，2017年担任总经理，2018年又成为董事长。在这三年连上三个台阶的背后，却是巨大的压力和前所未有的挑战。

因为从当时各方面的实际情况来看，到2016年的时候山达克的辉煌早已过去，是走是留到了生死抉择的关键时刻。2017年春节前，魏盛远与何绪平趁着回京的机会，与中冶铜锌有关领导同志就山达克的命运抉择，进行了多次讨论。

为什么山达克会面临生死抉择呢？这里面有两个不可逾越的障碍。首先，山达克是中方与巴基斯坦的合作项目，双方签订的合同是租赁经营。第一租赁期从2002年起是十年，第二租赁期是五年，到2017年就结束了。

其次，山达克遇到了后续资源匮乏的难题。山达克铜金矿共有三个矿体：南矿体、北矿体及东矿体。在第一及第二租赁期内，只开发一个矿体，就是南矿体。到2016年的时候，南矿体已经基本挖完了。实际上，自第二租赁期启动以来，也就是从2013年开始，资源公司为了延续企业生命、稳定当地经济和解决巴方数千员工的就业，针对随着开采深度增加矿量大幅度减少的现实，公司便实施缓产减产战略。自2013年始，公司每年粗铜产量保持在一万三千吨左右，至2016年末，南矿体矿山资源基本接近枯竭。

在这个时候，要撤回国还是继续留在山达克。撤回去，企业在巴基斯坦十五年打下的基础一朝尽弃；留下来，资源不足、后续发展未知，可能带来巨额亏损。就是中冶铜锌领导面临的生死抉择。

2013年，中国提出共建"丝绸之路经济带"和"21世纪海上丝绸之路"，"一带一路"倡议得到全世界关注。

也就是从2013年开始，中冶资源因受资源量而实施缓产减产策略，山达克的矿产资源就开始急剧下降，因为采矿量远远不够选矿和冶炼，部分设备和人员开始出现闲置。为了员工的福祉，人力资源部门不能裁员，只能下文件鼓励人员休假，力求减少人力成本。

如何走出困境，才是当务之急。

战天斗地的十五年辉煌时期过去了，十五年的奋斗让山达克这支中巴技术团队得到了全面的成长，有这么一支在海外资源开发中敢啃硬骨头、愿扎根奋斗一线的队伍，魏盛远与何绪平不甘心就这样带着队伍撤回国内。何况十多年来，山达克已经成为中巴经济合作的一个闪亮符号，也是中巴友谊不断深化的一个象征。山达克对于当地数百公里乃至整个俾路支省而言，也不仅是一个矿山项目，而是关系数千个家庭的生计和边疆地区的稳定。只要有一线希望，大家都想把这一份对国家资源保障的责任、对当地民众的责任和对员工的责任坚持下去。2016年底，两人专程回国面见邹建辉董事长、新上任的王继承总经理和中冶铜锌公司的各位领导，努力做游说工作。

对于要不要签订第三期租约，中冶铜锌管理层有截然相反的两种意见。

一种意见是及时止损，原因是再干下去就赔本了。持这种意见的理由是，山达克南矿体经过十五年的开掘已经基本挖空，没有继续干下去的意义。尽管在这之前勘探过附近的北矿体和东矿体，从探明的储量上看，北矿体太小，牛刀杀鸡得不偿失。东矿体品质很差，开发成本巨大，加上当时的国际铜价并不高，要投巨资开发很可能赔本。

第二种意见是用时间换空间，山达克这支历经磨炼的中巴技术队伍不能散，只要保留山达克这颗种子，公司在矿产资源丰富的俾路支省将可以继续寻找资源开发空间，企业的未来大有可为。

　　提出用时间换空间意见的，是2016年11月刚担任中冶铜锌总经理的王继承。这个意见的提出也是经过他的深思熟虑。"一带一路"倡议和中巴经济走廊建设的不断推进，越来越多的中国企业进入国际舞台，与世界各大企业同台共舞，为国家战略的落地贡献着自己的力量。对于资源公司这么一家已经在巴基斯坦扎根发展十五年的企业而言，无论从团队经验还是发展基础，都已经取得了先机。如果能继续在巴基斯坦发展下去，凭借俾路支省丰富的矿产资源和公司优秀的中巴技术团队，他相信一切皆有可能。

　　王继承当时刚从巴布亚新几内亚回国，被任命为中冶铜锌总经理。在此之前，无论是在徐州矿务局还是在中冶系统，五十岁的王继承一直坚守在各个矿山，而他担任总经理的巴布亚新几内亚瑞木镍钴项目，是国际上首屈一指的特大型矿山。他有着丰富的一线工作经验。

　　在北京中冶大厦邹建辉的办公室里，公司的管理层坐在一起开会研究讨论山达克项目的续租问题。持反对意见的同志问王继承："南矿体都挖完了，矿产资源去哪里找？"

　　王继承不慌不忙地说："虽然我来中冶铜锌不久，但矿山开发的道理是一样的。据我所知，南矿体开发已经接近尾声，但我们在勘探过程中发现北矿体的品质还是不错的，尽管这里矿石储量非常小，只有三万多吨，但能支撑两年多的工作量。"

反对的同志反问："南矿体挖完了，北矿体太小，东矿体赔钱，您这位总经理说一说，我们该怎么办？"

何绪平见新来的总经理王继承明确支持自己的意见，面对邹建辉、蔡玉霖、王道等老领导，他真诚地说："各位领导都是山达克的元老，咱们干矿业的都明白，我们国家缺少资源，尤其缺乏铜锌资源。我记得各位老领导都告诉过我一个理念，要像一颗铜钉子一样在巴基斯坦砸下去，把山达克打造成我们国家在巴基斯坦矿产资源开发的一个前哨站。山达克是我们'一带一路'和中巴经济走廊上的经济支点和战略支撑，我们这面中巴友谊的旗帜不能倒。如果我们中冶不干，别的国家也有可能来开发，那样我们就白白失去了一个机会。还有，我们撤了之后，那么多巴方兄弟怎么办？再让他们去放羊吗？"

一位中冶铜锌公司的领导提出不同意见："南矿体已经挖了三百二十多米，资源基本枯竭了，北矿体的储量满打满算只能干两年，你说说续签的意义何在？我们下一步要租多长时间？加大投入要投多少？现在国际铜价滞涨，万一入不敷出怎么办？"

王继承回答说："我们一定要把眼光放长远一点。虽然从目前来看，开发北矿体仅仅够我们干两年多，从表面上看，这些资源不能满足我们的生产需要，如果第三期续签五年的租赁周期，确实可能没有什么盈利，但我认为即便没有盈利，我们也应该以时间换空间。"

因为事关山达克的生死存亡和中冶铜锌的核心利益，那位领导也不客气："王总，你说的空间，是什么空间？"

王继承深知在座的很多都是山达克的老人，比他对山达克的感情更深。他不得不深入解释说："我说的空间，是中国企业境外发展的空间，因为山达克项目所在的俾路支省有着丰富的资源，如果我们续约，起码我们可以通过这五年进行两步探索，一是在南矿体继续挖潜，二是在山达克周边寻找更大资源的空间。即便这五年利润少一些，我们也不能轻易撤回来。我们中国企业走出去不容易，能扎下根来更是难上加难。再加上目前国家对'一带一路'倡议的重视程度和中巴经济走廊的高质量发展，无疑是作为国家大型央企的新中国五矿集团展现央企担当和锐意进取精神的最佳时刻，也是占领海外资源高地和实现可持续发展的良好契机。以现有基础推进这个地区的资源开发，既是响应国家方针政策、为'一带一路'倡议提供政治保障的重要举措，又能走出一条通过发展实体经济支撑中巴经济走廊的特色道路。我们这么多年的努力已经具备这个条件。各位老大哥在山达克这么多年，对山达克有特殊的感情。老一辈从1989年起步建设到2017年新一辈的接力，近三十年的时间奋斗成果，各位老大哥舍得轻易扔掉吗？"

几位同事善意地提醒说："王总，正因为我们是山达克的老人，才不能意气用事啊！不要忘了我们是企业，眼睁睁看着赔钱，谁来承担这个责任呢？谁能担得起吗？"

王继承正要回答，何绪平连忙抢过话头说："我觉得王总不是在意气用事，如果我们走了，公司好不容易打造起来的这支技术骨干队伍怎么办？数千巴方员工和山达克方圆数百公里的老百姓怎么办？周边虽然没有探明但是唾手可得的矿产资源怎么办？这些都是我们需要注意的地方。往大处说我们出去代表着中国形象，如果我们甩手走了，人家就会说我们中国都是第二大经济体了，而且正在建设中巴经济走廊，搞人类命运共同体，我们丢不起这个人，负不起这个责任。这是国际形象问题，更是关乎中国企业走出去的战略问题。"

王继承听了何绪平的话，赞许地说："我认为何绪平同志说的有道理，往大点说这是'一带一路'的问题，中巴经济走廊的经济支撑和战略支点问题。国际局势风云变幻，瓜达尔港是战略要地，我们在阿富汗的艾娜克铜矿、巴基斯坦的山达克铜金矿，形成了战略上的犄角之势。往小一点说，我们这个团队出去十几年了，这么多人撤回来，没有地方就业不也是巨大的负担吗？我们这帮兄弟宁愿在山达克吃苦，再苦再难也要生存下去。抛开家国情怀不谈，我们也要对山达克这帮兄弟负责。"

王继承与何绪平两人一个慷慨激昂，一个滔滔不绝，这场讨论会开得好不热闹。

最后，一直没有发言的邹建辉平静地对何绪平说："继承、绪平两位同志先别激动，各位同事的担心不是没有道理，两位的理由也很充分。绪平同志既然有坚持留下来的决心，你愿意不愿意挑这个头，当好山达克的领头羊？"

何绪平吃了一惊："我可不是来争官的，我的特长是人事工作。我不会挖矿，也不懂冶炼，领头羊还是由您和魏总担任比较靠谱。我们做冲锋陷阵的排头兵。"

邹建辉笑了："让你带头还用你扛着铁锹去挖矿吗？你把人管好了，有会挖矿的，有会卖铜的，你把团队抓住把人管住就行了。我们这次是务虚会，先不做最后的决定。王继承总经理是矿山专家，二十多年来一直坚守在矿山第一线，有着丰富的实战经验和国际视野。公司的领导班子也开会商议过了，春节后他跟你们一起到山达克现场考察一段时间，要不要第三次续约，等王总考察结束后，公司管理层再根据考察报告做出最后的决定。"

2017年4月，做事雷厉风行的王继承跟王道等人来到了山达克。

王继承1966年出生在江苏省徐州市，1988年从山东矿业学院毕业后分配到徐州矿务集团。当时，矿业专业的大学生毕业后一般都留在机关工作，或者到矿上担任技术人员。但王继承认为，没有一线实践只有书本学到的知识是不扎实的，因此他申请到一线当了两年挖煤工人。两年后，王继承担任采煤技术员，1995年又到采煤一线担任采煤队长，一年后他就被提拔为副矿长。

2000年，王继承被任命为徐州矿务局张双楼煤矿矿长，成为徐州矿务局最年轻的娃娃矿长。领导之所以把王继承调到张双楼煤矿，是因为这个矿连续十年没有达产，经济效益一直排名靠后。

达产，成了王继承上任之后需要解决的第一个问题。王继承上任第一年，就把这个落后的矿场变成了徐州矿务集团产量最高、效益最好的煤矿，在全国率先营造了一个让井下职工能听到音乐的采煤环境，率先搞起当年创新性的三项用工制度改革，提出能上能下、能出能进，打破铁饭碗限制。

在担任矿长的三年时间里，王继承带领张双楼煤矿创造了两个全国第一，并在2001年被评为全国十大杰出矿长。

王继承离开徐州到北京工作，2014年年初到中冶集团工作后被派往巴布亚新几内亚工作。回到北京担任中冶铜锌公司总经理后，遇到的第一个难题便是山达克资源不足的问题。经过与公司管理层会议商议，王继承和王道等人来到山达克现场实地调研，试图找到破局的办法。

王继承来到山达克，不顾一路风尘便马不停蹄地带着何绪平和副总经理谭军等人来到南矿体考察。在南矿体巨大的矿坑前，王继承突然问身边的陪同人员："我听说你们之前有过一个提议，有想法在这里搞一下扩帮？"

谭军有些为难地回答说:"公司采矿专家早就提过这个想法,但是,这确实是一个世界难题,具体如何扩还要经过系统论证。"

王继承笑了:"世界难题怎么了?只要我们解开了难题,难题不就不难了嘛!我说的用时间换空间,不是凭空而来,而是冲着你们提出的扩帮来的。我和王道同志来现场主要也是想听听公司采矿专家的意见,能不能一起破解这个扩帮难题。如果南矿体扩帮可行,我们就敢跟巴方签约,如果解决不了,那未来的道路就会很难走。"

谭军连忙说:"不是还有北矿体这块呢?"

王继承说:"北矿体的情况在我来中冶铜锌之前就已经集体研究过好几次了,之所以始终拍不下板,就是因为单独开发北矿体只能维持两年多的业务量,所以大家难以拍板。如果南矿体扩帮之后能够满足另外两年多的工作量,两处资源叠加在一起,山达克还能继续干五年。因此,要想未来活下去,必须南矿体扩帮和北矿体同步干起来。"

王继承跟王道在山达克调研了二十天,凭着多年的一线采矿经验及山达克采矿专家前期大量的实际工作,并结合国内矿山设计院专家意见,在经过数次南矿体扩帮专题会议研究讨论后,他很快与何绪平等人统一了决策:南矿体和北矿体合并开采,同时筹划与巴基斯坦商谈第三次续约事宜。

两人回到北京向中冶铜锌递交了考察报告。通过王继承这次现场考察带回来的准确数据和大量研究成果，中冶铜锌组织多次会议，大家最终形成山达克南北矿体共同开发的共识，并由王道牵头与巴方接洽商谈第三次续约事宜。

第三次租赁期谈判比上一次谈起来要复杂一些。由于巴基斯坦有色金属行业欠发达，很多人对矿山生产以及销售流程不了解内情，不仅认为矿山挖出来的矿石就能卖钱，甚至认为山达克生产出来的粗铜里面都是金子。以粗铜的金属含量为例，山达克的粗铜检测都是国际公认的SGS作为第三方进行检测，但有些外行人士担心公司出口的粗铜在金属含量中和实际对外公布的不符。以一吨粗铜为例，金属含量主要是铜，但其中会含有九十克左右的金，如果金的含量有较大出入，价格差距就会非常大。别小看这九十克的含金量，却占了一吨粗铜价格的三分之一。

因为这些担心，有关部门在检查检测的前提下，又搞过几次突袭检查。有几次，运输粗铜的车辆到了卡拉奇海关正要装船，巴方突然拦住车子不让走了。

王道记得很清楚，巴方在卡拉奇做过两次突然袭击，两次都是在港口拦住货车就要称重，然后取样拿回去检测。但这两次突击检查的结果显示，无论是重量还是含金量，中方报关的数字非常诚实、没有一点水分，巴方最终无话可说，从此以后再也没搞过突击检查。

尽管山达克项目第三租赁期的合同续签谈判工作并不是

一帆风顺，但有山达克过去十几年的成功运营及为当地做出的大量实际贡献在前，中冶铜锌的谈判团队在与巴方经过数轮谈判后，最终还是顺利地谈成了第三租赁期签约合同。

2017年10月26日，中巴双方签订了第三租赁期，合同期从2017年起到2022年结束。

听到这个消息，何绪平的心情喜忧参半。何绪平之所以高兴，是因为可以带领这支中巴队伍们再干五年。之所以有忧，再一个五年，面对资源枯竭、人员长期坚守、设备老化等难啃的硬骨头，摆在他面前的挑战巨大。

南矿体扩帮

王继承在山达克现场考察的时候，谭军之所以说扩帮是一个世界性难题，是因为他在两百米以下开始扩帮。

这里需要说清楚一个知识点，先让大家明白扩帮是怎么一回事儿，再说两百米以下扩帮的风险。

汉语中的"帮"字有一个引申意义，指物体两旁或周围的部分。比如船帮、鞋帮儿、白菜帮儿，对矿体而言就是矿坑边帮的意思。所谓扩帮，就是自地表或矿坑某一深度的平台向矿坑的周边采切，目的通常是通过增加矿石储量来延长矿山服务年限。也就是向矿坑的两边挖，把矿坑原来的安全平台削掉，扩大底部开采范围以便挖出那些被原平台压住的矿石来进行生产。

露天矿的开采，好比一个口大底小的漏斗，通过一条螺旋的道路由坑口往下延伸，以便将剥离的废石运至排土场排卸，矿石运至选矿旋回倒入矿仓。

山达克南矿体开采到2016年的时候，矿口的直径最宽处约在九百八十米，最窄处约在八百六十米，形成了一个椭圆形的坑口。开采深度达到三百二十米左右，基本上已经到底，坑底设备作业空间狭窄，仅能容下几台挖掘机工作。

这还不是技术关键所在。

王继承问谭军的第一句话就是："你就告诉我，扩帮的安全风险有多大？能不能保证不死一个人，能不能保证扩帮之后不塌方？"

谭军努努嘴，把想说的话又咽了回去。

王继承之所以如此注重安全生产，是因为他在以往的工作中，有着痛彻心扉的经验。王继承在徐州矿务局张双楼煤矿当了三年矿长之后，2003年江苏省公开选拔副厅级领导干部，王继承被任命为徐州矿务局副局长，分管安全生产和机电设备。

因为分管安全生产，王继承上任后发现一个令人惊恐的数字，整个矿务局一年因为生产事故死亡几十人，几乎每个月都能碰到大大小小的生产事故。经过上百次现场指挥的抢险救人，王继承亲手挖过几次因为安全事故失去生命的矿工兄弟，亲身经历的切肤之痛，让他下定决心要搞出一套保证矿工兄弟生命安全的办法来。经过几年的摸索实践，他在安全管理领域提出了本职安全理念，并总结出一套比较务实的管理方法，还出版了安全生产专著。

因为王继承长期在一线工作，他所提出的安全做法和经验接地气。这个理念和方法的核心，就是把人、物、环境和制度四个要素的完善、不断的改善作为管理的着眼点，让整个安全体系变得牢固，目的就是不能让一线职工受到伤害。

在王继承看来，每个人立足本职搞好安全生产，就是对生命的最大尊重。经过八年的努力，徐州矿局一年因为安全事故死亡人数，从几十人锐减到一两个人。

王继承之所以第一次到山达克就住了二十天，就是基于对安全生产的重视。毕竟，他的职业生涯中也没有扩帮的经验。

露天采矿的原理是依据勘探发现的矿石区域，设定开采范围，把矿石层上面没用的岩石剥离开，用卡车运到排土场扔掉，矿石露出来后，再把矿石挖掘出来运到选矿厂。这样不停地挖掘十几年后，就会形成一个巨大且深的采坑。

露天矿山扩帮开采在国内是有过先例的，湖北大冶矿曾用多台阶由内向外扩帮，依靠严密的组织，达到极高的扩帮延深速度，这是敢于提出扩帮的实践依据。

通常，从地表开始扩帮并没有什么难度。但南矿体深度三百二十多米，两百米以上的矿石利用率不高，所以他们与采矿专家及地质技术人员讨论、研究后，决定从半山腰距地表两百米往下扩。

如果我们脑子里浮现一个漏斗形状的矿坑，就会知道扩帮的难度了。万一采切过度，使得边坡角过大，极易导致边坡失稳而发生垮塌，就极可能发生重大人身设备事故。即使侥幸没有伤到人员、设备，但是这些设备很可能难以安全撤出，从而造成设备永久性的损失，并且扩帮工程很可能因此被迫停止。资源公司的生存与否将成为无法回避的问题，甚至是采坑底部原来可以正常能采出的矿也采不出来了。

从矿坑中间往下扩帮，这个难度是世界上迄今为止的第一次，这对技术、施工和安全管理都提出了极其苛刻的要求。

形象一点说，就是在山体中间直上直下掏矿石。掏不好，一旦上边塌下来，就意味着一场无法救援的巨大矿难。

放眼全球露天开采的所有矿山，就没有这么干的。因此，当山达克的采矿专家提出从两百米以下扩帮的想法时，王继承谨慎地问："你有多大把握？"

采矿专家们也非常谨慎。他说："原来矿山的边坡按设计留有很多安全平台，可以防止边坡垮塌，现在要从中部开始削减安全平台，肯定有很多技术难度。"

王继承问："中间的安全平台没有了，怎么保证上面塌不下来？"

专家们斟酌了一下，说："这是一个技术问题，要好好研究和实验，看看我们的想法能不能站得住。这需要通过反复的岩石力学和工程力学计算，要更深入了解南矿体的结构。"

何绪平拿起一个茶杯，比画着对王继承介绍说："原来是口大底小，边坡是稳固安全的，但现在的设想是把中间的安全平台削掉，露出下面被压住的矿石，原有的边坡变得更加的陡直且没有了安全平台的缓冲，需要精密计算精密施工，还要根据岩性和地质构造等进行边坡稳定性分析、计算，从而决定采用多大的边坡角，这的确算是一个世界难题。"

谭军信心满满地说："对啊，因为从来没有人这么干过，听着很吓人，但只要我们能通过科学论证、设计和施工，就可以把风险降到最低。"

王继承还有一个关心问题就是矿石的产量，接着问："你估计这次扩帮，能采出来多少吨矿？"

对于这个问题，采矿专家们早已做过计算。他们自信地插话说："预计能多采五百万吨矿石，能炼出粗铜接近一万八千吨吧。"

何绪平掰着指头，口中念念有词估算着价值："一吨铜包括所含金银按照最高一万美元的市场价估算，一万八千吨铜就是一亿八千万美元，差不多十二亿元人民币，刨除各种价格涨跌和成本因素，赚一亿多美元我看没问题。如果能成功，我们下一个五年的效益就靠扩帮了。"

何绪平表态说："为了确保扩帮的可行性，公司立即组织团队进行科研攻关，并切实听取国内专业矿山设计院专家的意见，把准确数据拿出来。"

王继承说："我相信你们的判断，虽然这个设想是你们提出来的，但风险由我和中冶铜锌公司来担。"

陪同考察的同志立即说："我们努力做到不辱使命！"

而对于南矿体扩帮的攻关，以李兴国为首的技术团队经过几个月的努力，把一份厚厚的可行性技术报告摆在了何绪平面前。看到这份报告，何绪平马上召集公司管理层召开会议进行研究，在科学严谨的技术报告面前，会议的气氛变得热烈起来，山达克南矿体扩帮有戏了！

在会上，采矿专家们提出了一个问题："扩帮后咱们的道路变窄，现在这些能拉九十吨的矿车可就不能用了，咱们得换载重小一点的矿车。"

听到这里，何绪平笑了："这个倒好办，我们可以根据扩帮的工程量计算需要载重量多大的车辆，一共需要买多少台，再听一听国内采购团队的意见来确定采购方向，等确定实施扩帮后马上联系国内开展招标采购工作。反正原来九十吨的车咱们也不浪费，开发北矿体不也需要矿车吗？"

在经过大量的研究讨论和专家团队论证后，2018年2月，公司启动南矿体扩帮工程并与北矿体同步开采。扩帮工程特点有三个：一是边坡角由原来的四十五度增加到五十五度，边坡变陡、安全风险加大；二是对734至662米空间狭窄部分采取了双台阶并段开采，提高作业效率，降低矿石贫化损失率、增加工艺安全；三是确保边坡稳定安全，首次引进三维激光扫描仪和微震监测系统联合对边坡进行稳定性监测。

一场轰轰烈烈且前所未有的革新，随着第三租赁期到来而启动了。

重返山达克

2017年中冶资源开发公司进行了重大人事调整，何绪平接任魏盛远担任中冶资源开发公司总经理。他的特长在于人事管理和全面统筹，给何绪平配上一个专业能力超强的副总经理，就成了中冶铜锌管理层首要考虑的问题。

2017年10月，经过中冶铜锌公司党委慎重研究决定，任命曾在山达克工作过三年的张志军担任中冶资源开发公司副总经理。

张志军出生于1982年，北京科技大学采矿专业硕士研究生，2008年3月就在山达克工作。他深知这次重返山达克肩负的重担。他既是突击队长，又是排雷队长。

这两颗雷，一个是南矿体扩帮，一个是北矿体剥离，都需要他带领大家突击完成。

山达克的第三租赁期的续租，就在张志军接到任命的同时在巴基斯坦签订。可是，签约后如果无法协调好两个矿的资源配置，山达克必将严重亏损。因此，张志军临危受命，面对的就是南矿体的扩帮这一世界性难题。同时，还要开展南北矿体之间的资源合理配置。

南矿体扩帮是第三次续约的关键，而张志军则是上级公司为实施这一重大战略派出的一员大将。张志军深知南矿体扩帮的意义。王继承提出以时间换空间，第三期租约除了获得在山达克继续发展的缓冲机遇外，还要挽救濒临生死转折的山达克。

他深知南矿体扩帮的艰难。南矿体扩帮开采属于非常规开采，又是矿山开采尾期强化开采，更是增加资源量的一种新尝试，在国际上也属首例，施工方式在国内外无类似经验可循，施工技术难度高，危险因素多，安全风险大，不确定性高。

山达克南矿体已形成三百二十米的环形高陡坡，而扩帮是在距坑口两百米处进行，其上下均是超过一百米的陡峭边坡，人员、设备几乎没有回旋空间。

安全重于泰山，这是上任前王继承对他的唯一叮嘱，重返山达克的张志军知道这句话的分量。

来到山达克之后，张志军带领技术团队白天现场勘查，夜间查阅资料。大家同心协力日夜奋战反复思量，并与国内矿山科研机构多方沟通，力求以最稳妥、最高效的方案来推进南矿体扩帮工作。

最终，经过全面调研和研究讨论，并结合国内先进的矿山监测技术，技术团队最终确定了采用最先进的监测手段，提前预警确保安全的解决思路。这个思路得到各级领导肯定后，国内最早开展边坡监测研究的长沙矿山研究院进入张志军的视野。

在技术团队和国内矿山监测专家的综合研究下，三维激光监测系统和微震监测系统正式投入运行。两个监测系统并用，可以实时监测边坡位移变化，研究位移、能量、应力的迁移规律，通过统计分析、空间分布分析、时间序列分析等评价各区边坡稳定性情况，尤其是可以清楚发现采场实施爆破对边坡所带来的影响，可提前一个月的时间对可能出现的边坡滑动进行预警预报，只要在操作上有一点点危险苗头，张志军他们会提前发现问题，从而为工程施工提供了可靠的安全技术保障。

尽管有了预警的技术保障，但张志军依旧丝毫不敢大意。扩帮不是拿着铁锹沿着边沿往下铲石头，而是要通过爆破炸开山体。那么，爆破产生的震动，会对边帮产生多大影响？谁也心中没底，因此如何精确爆破作业也是边坡稳定的关键之一。

张志军与采矿专家们经过多次专题会议研究讨论和多次爆破试验后，终于取得了保证扩帮工程安全进行的相关爆破参数，为啃下这块硬骨头提供了可行的依据。

同时，南矿体生产工期仅为十八个月，施工的工期难度大，施工的工序复杂，大多数工序只能单独掘进、独头作业，难以提高效率。

为了啃下这块骨头，张志军与采矿专家们商量后果断提出，将施工区域进行划分，并按照施工顺序分别按照A、B、C、D、E、F、G、H八个区依次进行施工。

在合理划分区域的基础上，适当穿插平行作业，做到爆破、甩渣、清扫、铲运环环相扣。这个创造性的分区作业法，极大提高了各项施工效率，解决了南矿体施工工序的难题。

分区作业法让南矿体扩帮加快了进展速度，比原定计划足足快了四分之一。

北矿体攻坚克难

对于南矿体后续资源衔接问题，早在资源公司的预期计划之中。从2012年第二租赁期开始，资源公司便未雨绸缪加强了后续资源的勘探工作，同时在2012年年底公司还发出一份通知，主要内容是鼓励员工休假。

这个信号实际上提醒了自己，南矿体资源量不足，山达克下一步可能要饿肚子了。

从2002年重启山达克，到2012年第二租赁期即将结束，山达克铜产量达到历史最高峰。截止2012年末，南矿体已采出矿量约四千八百万吨，约占境界内矿石可采储量的75%。随着资源公司租赁经营山达克进入第二租赁期，剩余矿量难以支撑公司的持续发展，而矿量的持续减少也对公司的盈利能力造成较大的影响。随着南矿体资源的逐步枯竭，经过公司综合研判和技术团队专题讨论后，山达克北矿体的勘探和研究提上了日程。

矿山投资具有投入资金巨大、回报周期漫长且投资风险难料等特点。出于商业投资的谨慎态度，可研报告的出具比地质勘探报告更为慎重，不仅需要科学研判北矿体的商业价值，更需要通盘考虑企业生产、设备、人力，乃至当地社会、经济、政治、人文情况等综合因素，并为企业投资能否盈利做最终的判断。

2013年，一场影响中巴两国长远关系的历史大幕徐徐推开，中国提出了"一带一路"倡议，中巴友谊必须开启全新篇章。山达克是中冶集团践行国家"走出去"战略的排头兵，也是中巴两国经济合作的典范。

排头兵，是不能在历史潮流中退缩和倒下的。而山达克这一块融入了无数人心血的阵地，更是所有人都不愿意放弃的地方。

时间回到2013年1月。通过公开招投标而选定的昆明勘察设计院派遣十人小分队飞赴山达克，全身心投入山达克北矿体的地质探勘当中。在多半年的时间里，昆明勘察设计院投入近六十人的钻探队伍，钻探九千六百多米，槽探二千二百多米，各类岩石鉴定测试分析样三百多件。北矿体的面纱被徐徐揭开。

时间在一点点流逝，决定中冶资源开发公司生死存亡的时刻越发紧迫。只要有一丝希望，面对可能的绝境，最宝贵的就是义无反顾铆劲前行。勘探工作历时半年，在第一份勘探地质报告出具之后，公司地质专家团队与昆明勘察设计院、恩菲设计院日夜兼程地反复讨论、修订，对每一条出具的地质勘探结果进行仔细推敲，力争得出逻辑清晰、研究可靠的成果。经过数月披星戴月的论证，成果获得了各方的一致意见，取得共识。资源公司再次驶向具备商业开发意义的详查地质阶段，此次探勘的结果将历史性地定格北矿体开发的命运。

2014年6月起，北矿体的详查工作伴随着再次钻机的轰鸣声拉开序幕。昆明勘察设计院再次对北矿体进行勘探决策，钻机的钻头一刻不息地伸向大地深处，源源不断的岩芯浸透着汗水整齐地摆到岩芯盒里，资源公司中心化验室的中巴员工昼夜不停地分析每一寸矿样。

到2015年6月，由恩菲设计院完成的北矿体可行性研究报告摆在中冶资源开发公司管理层的案头。一百三十四页、六万多字的详尽说明得出了一个残酷的事实：在预计五年的生产周期内，利润总额将亏损，单独开发北矿体在经济上不可行。

也就是说，山达克北矿体要干下去必亏无疑。实际上，在看到北矿体的第一次地质勘探报告时，邹建辉、魏盛远他们就明白迟早会是这样的结局，只不过他们心有不甘而已。

对于公司的管理团队来说，山达克犹如一个自己抚养的孩子，倾注了无数的心血和汗水，更倾注了无数的爱恋和深情，怎么舍得眼睁睁看着孩子处在危难之中而全然不顾呢？

从2013年开始，中巴由战略合作伙伴关系升级为全天候的战略合作伙伴关系，两国自建交以来始终能够保持兄弟般的友好关系，并毫无嫌隙经久不衰。

肝胆相照、坦诚以待始终是双方维系良好关系的关键纽带。中巴双方在第三租赁期的签订中，诠释了这种"风雨无阻，坦诚以待"的精神传承。中冶资源开发公司通过有意的减产发展战略，等待时机，徐图发展，以配合俾路支省政府实现解决就业、稳定边疆、促进经济发展的长远目标。

最后，经过中冶铜锌、中冶资源两级公司管理层的综合权衡，考虑到山达克作为巴基斯坦资源开发的前哨战的重要作用和南矿体扩帮开采可行的实际情况，公司下决心续签第三租赁期并开发北矿体。但张志军带队在2017年基建剥离后发现：由于矿石氧化率高、物化性质复杂、矿石泥化极其严重，可采用的资源量及矿石特性均不理想。

作为北京科技大学采矿专业毕业的硕士研究生，张志军可是矿山行业的行家里手。上任之初，公司便让张志军主抓生产，带队开发北矿体。

北矿体资源品质较好，缺点是资源量少，又处在断裂带和古河床下面，而且还有三条地震断裂带贯穿其中，这两个地质因素致使矿性发生了巨大变化。通俗一点说，就是岩石变软遇水变成了泥巴，矿石中的金属被氧化，开采难度更大。

因为矿床在古河道上，只要一打开就有水涌出来，运输难度也加大了。拉矿的大车刚开进去时地面还是硬的，一旦挖出水来马上变成了淤泥，车辆正常运行困难。除了加大排水的力度外，还要不停地抢修道路，并从南矿体拉来坚硬的石头填修道路。

北矿体遇到的这个问题，与王继承在巴布亚新几内亚遇到的问题非常相似。因此，当王继承得知北矿体遇到水的阻力时，笑着告诉何绪平说："戈壁滩上缺水，咱们一点也不能浪费。当时巴新遇到大水冲了矿山，后来因势利导用水解决了水的问题。"

在巴布亚新几内亚的镍矿，中国投资巨大。王继承上任之后发现，这个露天矿山不达产的主要原因就是雨太大，平均每天八个小时的工作量，因为下雨的缘故，只能干三个小时，难怪只能完成百分之三十的任务。

　　这里的雨有多大呢？平均一年要下七千毫米的雨。试想一下，七米的雨下在露天的矿山，还怎么生产？

　　王继承带领团队找准了不达产的主要原因是受雨季影响，最后经过充分研究后提出了雨季才是常态的观念，并改变了以往的开采工艺，组织攻关团队搞了水采工艺。

　　山达克属于凹露天矿，而巴布亚新几内亚的镍矿，属于山坡露天矿。王继承认为这是自己在巴新最得意的技术进步，所以他把这个办法毫无保留地告诉了何绪平和张志军。

　　也就是说，北矿体必须配备强大的排水系统。在结合已有的经验和经过技术团队研究后，最终决定在矿床的低点安装多部抽水机，把水排到两公里外再进行回收，北矿体每天抽几十吨水，都抽到选矿厂进行选矿。

　　解决了北矿体排水问题后，北矿体矿石性质所带来的选矿问题又摆在大家面前。张志军深知选矿指标是任何一家矿山企业的命脉，要实现资源的良好运行，选矿是其中的关键环节。因此，实施选矿攻关成为张志军的一项重要使命。

　　北矿体因为泥化，选矿就有了两个难度，一个是矿石变成泥沙本来就很软，不需要怎么粉碎就可以直接选矿。这虽然省下了磨碎的环节，却给选矿带来了巨大的困难。

　　直观一点说，选矿系统有很多筛子，大的矿石磨细之后筛选，颗粒大的石头回头再粉碎。但北矿体大部分本身就很细了，不用怎么研磨就可以选矿，但遇水成泥后就堵塞筛孔，导致停工。

第二个问题是，北矿体大多是很细的粉末，粗的矿石需要磨细，而细的矿石研磨之后就更细了，在浮选过程中金属和泥沙无法分离，要么鼓不起泡来，要么就金属跟着泥沙一起跑了。

这可怎么办呢？这可愁坏了何绪平和张志军。他们召集骨干力量开了一个诸葛会。

在众说纷纭莫衷一是的争论中，选矿厂经理俞宏军提出一个建议说："北矿体道路松软，咱们从南矿体拉来石头硬化道路，解决了问题。那么，南矿体矿石太硬太粗，北矿体矿石太软太细，能不能软硬放一块儿混选？"

与会的技术专家们一听觉得可行，于是根据这个思路不断提出解决方案，最后会议决定通过对南北矿体矿石进行混选试验以确定最优的选矿方案。

公司成立了北矿体科技攻关小组、制定了技术攻关方案，并由俞宏军带队做了两个月实验，拿出了一个三七开数据比例，也就是南矿体占30%，北矿体占70%，按照这个比例一起混合起来选矿。通过技术攻关，不仅找到了北矿体选矿指标差的解决方案，为南北矿体联合生产奠定了扎实的基础。

比例出来了，运输上又出现障碍。因为南矿体是通过扩帮拉出来的矿石，拉矿用的是三十吨的福田车，运输北矿体的是九十吨的矿车。

　　以矿车卸车为例，在这之前所有的选矿设备都是按照大车设计的。要实现混选，三十吨的福田车个子太低，倒不进选矿的矿槽里去，怎么办呢？

　　这时候谭军又站出来说："小车不是够不着倒不进去吗？给小车搭一个桥，让小车通过这个桥爬上去，再往里倒不就简单了吗？"

　　很快，技术团队对现场仔细研究后，在旋回受料仓外又修出一条小车专用道路，再搭了一座铁桥，小车爬上铁桥卸货，就实现了小车和大车同时按比例卸货混选。

▼山达克冬日黄昏

第九章

家国天下

如果有幸成为一块矿石

会被炸裂、开采、砸碎、磨成粉末

千淘万漉、吹尽黄沙

作为有生命的石头

即便粉身碎骨

也会成为广袤无垠的大地山川

▲ 中冶集团铜锌有限公司董事长王继承到项目现场考察

▼ 中冶集团铜锌有限公司总经理董高峰到现场慰问巴方团体

▲ 巴基斯坦洪灾慈善捐赠仪式

▼ 2020 年 6 月返巴员工在成都机场登机前合影

同心抗疫

2017年扩帮，2018年混选，2019年开始重新勘探东矿体。这期间的艰难不是靠语言就能描述的，但对中冶铜锌领导班子而言，最难的还不是这些，而是山重水复疑无路的时候，怎么在柳暗花明中找到那个"又一村"。

这个"柳暗花明"，才是山达克的未来，就是在资源匮乏的情况下让我们的企业如何在山达克继续发展下去。

可未来还没来，席卷全球的新冠疫情却提前来了。

山达克前进的路在何方？前路漫漫修远兮，还会出现意想不到的一波三折。

在南北矿体枯竭之前，企业想到了东矿体。我们在前边已经多次说过，开发北矿体和南矿体扩帮，只能为山达克的生存续命五年。

那么同样的问题五年之后又来了，未来的路在哪儿？撤回国吗？那将把一代又一代山达克人辛辛苦苦攒下的这点家底，丢在这片戈壁荒漠吗？停产之后，几千名巴方职工和家属靠什么生活？让他们再去放羊吗？中国医院撤了，谁给当地老百姓看病？撤走之后，学校里的学生还会有书读吗？

柳暗花明的转角处，只有东矿体。

2015年山达克领导班子集体否定了东矿体，当年正是因为东矿体开发价值不大，现在是要硬干，赔钱了谁担这个责任？

担责任的，当然是继任邹建辉担任中冶铜锌公司董事长的王继承与中冶资源董事长何绪平。

但在这个时候，为了"一带一路"中巴经济走廊上的这颗铜钉子，为了金新月荒漠上的这座中国城，为了好不容易建设起来的中巴样板，也为了企业能够长期在山达克生存下去，中冶铜锌班子最终集体决策，从2019年开始重新勘探东矿体，充分挖掘开发东矿体的可能性。

经济开采是个专业术语，直白点说就是能赚钱的开采。东矿体开发出来之后，不但要满足山达克的后期生产，还要在山达克扎下更光明的前景。

之所以坚信要深度开掘山达克，一是我们有坚强的领导后盾，曾经的山达克就是中国政府和巴国政府高度关注而结出的硕果。二是二十年来我们深度的积淀，技术储备丰富、人才储备充足。三是要通过深度挖潜，用空间换时间，倒逼企业更好地提档升级。企业战略思路是：将中冶铜锌打造成巴基斯坦有色矿业的领跑者、中巴经济走廊的主力军，坚持走高质量创新发展之路，在积极践行中国企业社会责任、经济责任中实现使命与奋斗目标。

根据公司的战略定位，为了实现资源利用最大化、企业社会价值最大化、可持续稳定发展的任务，中冶资源开发公司提出了"放眼未来、不惧挑战"的山达克人担当号召，将山达克打造成为巴基斯坦有色矿业发展的孵化器、建设成巴基斯坦国际化标杆企业、资源开发行业旗帜、中巴员工梦想平台、"一带一路"经济带上的典范企业。

经过中国有色工程设计研究总院科学论证，东矿体开发建议得到中冶集团和SML业主认可。东矿体的开发随之而来的就是投资、设备老旧、矿性变化的风险，公司必须迎难而上，迅速做出决策。

他们无论如何也意想不到的是，2020年春节期间突然暴发的新冠疫情，给山达克的前途蒙上一层阴影。

2020年1月24日，中国大年三十这天，一百七十六名坚守在山达克一线的中方员工和一千多名巴方员工，按照惯例，他们正在筹备山达克的春节晚会。谁也没有想到，24日一大早，有关武汉暴发一种新型未知病毒的消息传到山达克，所有人的心头马上一紧。春节前，冶炼厂经理龚望德刚刚带领湖北籍同事回到国内，同事中很多人家在武汉，还有些人在不远的黄石，他们处于涡流的中央，他们怎么样了？家里的老小是否安好？巴基斯坦项目现场又会如何面对可能的疫情？

人心稳定是第一要务。中冶资源开发公司立即启动应急机制，马上打出了一套组合拳。

做好国内员工稳定人心的工作。何绪平安排专人对接湖北员工，除电话慰问外，还要求所有在国内休假员工提高对疫情的认识，做好自我防护，不得前往疫区，家在疫区的员工留在家中不得随意外出。

山达克现场做好沟通工作。1月28日公司以中英文下发《关于做好近期病毒防控以及员工稳定工作的通知》，要求所有员工增强防范意识和注重个人卫生。同时以车间班组为单位，做好疫情的宣传与解释工作，不信谣、不传谣。

为应对接下来随时可能发生的疫情，山达克现场第一时间采抢购到了口罩、防护服、消毒液、体温枪等防疫物资，并不惜成本将各类防疫物资的库存量调到最高。为避免出现巴方员工在休假期间可能接触到病毒携带者，公司决定暂停巴方员工休假，已经休假的巴方员工尽量居家不外出。

与此同时，公司召集当地部落首领、驻现场边防军等各界相关负责人员，提前告知当前发生的疫情，山达克未来可能面对的问题，安排人员进出监测，以及对周边村落开展疫情防控宣传等工作。

　　所有中方员工全部行动起来，自觉向身边巴方朋友解释疫情的状态，为他们答疑解惑；党员干部以划片形式走到各基层，宣传公司的防疫措施、了解中巴员工的困难；协调周边村庄部落、边防军等其他力量，积极配合疫情防控工作。

　　山达克调动所有的力量，修筑了一道抗疫的铜墙铁壁。

　　2月19日，伊朗圣城库姆确诊两名新冠疫情患者，而与山达克仅距三十余公里的边城小镇塔夫坦，是伊朗和巴基斯坦的重要贸易通道，大量巴基斯坦信徒通过塔夫坦海关前往伊朗朝拜。

　　2月26日，巴基斯坦的两个确诊病例在塔夫坦小镇出现，均为去伊朗朝圣经塔夫坦海关入境人员。短短数日，塔夫坦镇便聚集起两千多名朝圣归来的穆斯林，还有数千名朝拜者源源不断地从伊朗拥向塔夫坦。

　　塔夫坦顿时成了疫情传播的潜在火药桶，而与塔夫坦近在咫尺的山达克，瞬间陷入疫情传播的最前沿。

　　千钧一发时刻，中冶集团董事长国文清、总裁张孟星对海外矿山项目疫情防控做出重要指示，副总裁张晔召集中冶集团矿业管理部、铜锌公司和中冶资源开发公司领导班子成员，通过网络视频会议方式召开山达克疫情防控专题会，分析和部署疫情防控工作。

　　疫情防控紧急应急预案第二阶段迅速在山达克展开。边防军、部落首领参与的山达克疫情防控指挥部立即成立。为了外防病毒输入，封闭所有路口，禁止外来人员进入山达克中国城，公司内部员工不再外出，周边村庄村民尽可能避免前往塔夫坦。

为避免发生管控漏洞，公司成立驻村联防小组，每个村庄派遣四名当地员工全天候执勤，通过多措并举，构建起内外两条防线。

与此同时，公司制作了大量宣传材料，以英文、乌尔都语进行双语宣传，极大提升了员工和当地居民的防范意识。同时，为遏制病毒传播，在公司内部和周边各村普遍进行消杀。

山达克构建起一个无形而强有力的屏障，虽然外面病毒肆虐，但生活在山达克的人却一如往常。因为每个人都知道，守土有责不是一句空话，保护好自己就是对这片土地尽到最大的责任。

毕竟中冶资源开发公司只是一家企业，为避免防疫的管控举措造成误解，公司第一时间向当地政府致函说明情况，并邀请部落首领、周边村庄的村长以及边防负责人进行紧急磋商。

3月15日，山达克开始实施军事化封闭管理，暂时关闭所有进出通道，从部落力量中挑选出三十八名熟悉地形的安保队伍流动巡逻形成第一道外围防线，三十三个边防军哨所和警察岗哨形成第二道防护网，封死山达克四个主要入口，形成第三道防线。

在这之前，公司早已做好各类粮油菜蔬的储备，即便切断所有生活物资来源，也能确保现场一千多名中巴员工生活三个月。

3月16日，在山达克实施军事化封闭管理的第二天，巴基斯坦确诊病例骤然增至九十四例，其中有五十例为塔夫坦入境人员。但山达克严密的防疫措施，给了所有人实实在在的安全感。

有点悲情而感人的故事，在这个时候不断涌现。一名到伊朗朝圣返回塔夫坦的山达克村民，给家里打电话得知山达克已经封闭，对家里人说："我留在塔夫坦吧，我担心病毒跟着我回去，影响中国兄弟。"

还有一名坚守在卡点上执勤的巴方安保人员，额头被强烈的紫外线晒掉了一层皮，却始终立于烈日之下。他说："我现在守护的不仅仅是我的小家，而是山达克这座中国城。"

边防军营长放弃休假坚守在山达克。他说："不管什么时候、什么地方，只要你们需要，我和我的士兵就会出现。"

塔夫坦镇的部落首领纳瓦卜是山达克外围安保队伍的负责人。他多次给何绪平他们发信息说："为了不让你们担心，我现在不便到山达克来。但是我会守好公司的外围防线，就是一只小猫小狗我都不会放它们到山达克去。"

山达克部落首领阿克鲍已经年近八十。他在奎达得知塔夫坦疫情紧张后，硬是第一时间坐了十个小时的车千里迢迢赶回山达克。他对何绪平说："赶紧把山达克全封闭起来，你们的命比我的更重要，宁愿我死也不愿你们受到伤害。"

所有人深信，这场疫情会让每一个山达克人更加坚强、更加强大、更加团结。

疫情来临后，首先考验的是山达克医院。山达克医院仅有三名医生和四名护士，却担负着山达克和周边六个村庄八千人的医疗守护。遭遇疫情医院力量必须全力压上。疫情阻击战打响后，山达克医院刘思鸿院长丝毫不敢大意，迅速部署医院防疫工作，制定《山达克医院新冠肺炎治疗方案》《山达克现场新冠肺炎防控预案》，增设预检分诊、发热门诊、执行发热病人就诊流程，设置临时隔离病房，加强对疑似病人筛查、检测、诊断、隔离。

与此同时，刘思鸿列出药品采购清单，积极联系国内采购多种中成药剂和抗病毒药物，备足防护服、护目镜、口罩、酒精等防护物资，紧急从卡拉奇购置供氧设备、转运呼吸机、心电监护仪、除颤仪，保证医疗物资和设备满足山达克临床所需。

与此同时，刘思鸿他们还不能耽误日常工作。山达克封闭之后，附近村庄一个村民，抱着十岁小孩急匆匆跑到医院来，左手腕肿得像个气球，刘思鸿连忙安排拍片之后，诊断为左手桡骨下端骨折。此时的山达克无法手术治疗，病情又耽误不起，只见刘思鸿捏着孩子的手腕一拉一推，小孩哎呀大叫一声再也不哭不闹了。刘思鸿赶紧拿来夹板固定后，对孩子的父亲说："你回去吧，一月后来复诊。"

孩子爸爸问："要住院吗？要吃药吗？"

刘思鸿说："不用，回去多看着孩子，别拿重东西就行。"

孩子的父亲将信将疑地带着孩子回去了。一个月后回来拍片，确定骨折断端无移位，手指手腕功能活动良好，骨折的地方已经愈合。

一名边防军士兵在巡逻路上，不慎砸伤了左脚拇指，指骨断裂，脚趾的最后一节只能靠皮肤相连。这在大医院做手术需要使用专门的钻头和内固定针，但在疫情期间的山达克，转运到外地治疗显然时间来不及。刘思鸿对边防军士兵说清楚自己的方案，局麻之后清除坏死组织和骨碎片，创新性地用输血针头穿刺指骨做了内固定，再缝合伤口做了包扎处理，保住了这位边防军兄弟的脚指头。

这样的事例数不胜数，在抗疫的两年时间里，山达克医院共接诊伤病员和村民八千五百四十六人次，还为当地村民减免诊查费、药品费、治疗费、辅助检查费四项费用，实实在在地惠及当地民众。

因为人手少，刘思鸿不得不成为山达克医院的全科医生。医院逐步开设了内、外、妇、儿、急诊急救、口腔、针灸理疗等科室，开展了彩超、DR、心电图、血液生化、血常规、大小便常规等专业检测，购置了心电监护仪、除颤仪和转运呼吸机。

在山达克方圆七百公里贫瘠的戈壁上，山达克医院成为跨越国界、种族、信仰、文化的生命驿站。

包机复工

对于一个矿业企业而言，矿产资源就是生命，是赖以生存的根本要素。而对于资源即将匮乏的山达克，东矿体开发成功与否，决定着山达克的未来。也就是说，在第三个租赁期结束之前必须实现经济性开采。

前文中已经说过，山达克共有南、北、东三个矿体。在项目成立之初，综合考虑三个矿体在铜品位、储量和开采条件等方面因素后，选定了品位较高且储量中等的南矿体，后来为了延续山达克的生命，通过南矿体扩帮，开发体量很小的北矿体，好不容易才用时间换来了空间。

王继承时间换空间的真正着眼点，也是在矿石品质最差的东矿体。东矿体虽然储量大，但由于矿石品位较低，不具备商业开采价值而被搁置。2017年进入第三租赁期的后期，资源匮乏之时，东矿体再一次进入了山达克人的视野。

经过审慎研判，公司制定了2020年至2022年南北东三个矿体的开发思路。依照这个思路，在2021年上半年南北矿体资源完全采尽之前，完成东矿体基建剥离，并启动开采作业以实现资源供给的无缝对接，实现三个矿体生产组织间的平稳过渡。

这就意味着，南北矿体不能停，还要抽调出一部分人力物力开发东矿体，三个矿体同步作业同步推进。这是一个艰难的过渡时期，其中的难度是，原来一个矿的人，好不容易分成两个矿，现在又要抽调人手开发东矿体，还不能耽误南北矿体的产量。一分为三打破了生产组织格局，人力和物力分散，却需要极强的协调组织力。

除此之外，山达克采矿厂现有电铲、钻机、矿车及各式工程机械，绝大部分都已在生产一线服役多年，并且维修多次，在恶劣的天气条件和作业环境下，日复一日的繁重作业，使得设备故障率常年居高不下。

三矿并进，东矿体开发的设备就明显不足了。

而一线作业人员的配置，之前都是一个萝卜一个坑，抽调人后会严重影响现有产量和生产进度。加上一线部分员工都已五十多岁，面临退休，而年轻的技术人员又不愿意到艰苦的山达克工作，一线员工出现新老交替断层。

设备问题尚可通过购买引进更新，人员可以扩充一线员工队伍，但对于以盈利为主要目的企业而言，经济效益是一个无法回避的问题。

这其中的要害说起来挺简单，比如，南北两个矿体一百吨矿石炼出三百六十千克铜，还可能含有四十克左右的金，这一百吨矿石获取的收入最高能卖到五千多美元。但东矿体不但含铜品位较低，贵金属含量也锐减，东矿体一百吨矿石只能炼出三百一十千克铜，里边金只是以前的三分之一，这一百吨矿石获取的收入不到三千美元。

开采一百吨矿石，付出的人工和各种成本几乎是一样的，结果少卖近一半的钱，不但没什么利润，而且很可能亏本。毕竟，冶金行业没有多么大的利润空间。

如何盘活现有资源，向管理要效益，以效率抢时间，以有限的人力物力博出一个可期的未来，让公司班子成员们愁眉不展。

从2020年元月开始，山达克就开始在巴基斯坦招募新员工，这些年轻人是采矿厂为备战东矿体而招募的新鲜血液。

依照采矿运输车间的人员扩充计划，在接受完严格的入职安全教育并充分保障安全的前提下，这些新员工将以最快的速度熟悉采矿采运流程，熟悉重型车辆驾驶技术，熟悉重、中、轻三个类型矿车的操作，在东矿基建剥离全面开工前，随时待命。

在同一时期，电铲、钻机、采矿调度等生产岗位的人员培训及专业技能考核工作同步推进，生产组织与人员招募齐头并进，各岗位针对新入职人员的安全教育有条不紊地开展起来。

东矿体开工之前，要完成三通一平工程，也就是通路、通水、通电、平整作业场地。

山达克正按照原计划展开各项工作，然而，突然暴发的新冠疫情一夜之间打乱了所有的布局和计划。

与此同时，受新冠疫情的影响，国际期货市场风云突变，铜价掉头直下，一度跌至成本线以下。

人员的短缺、铜价的低迷、疫情防控，重重压力使得原本已近在咫尺的东矿体开发，充满了各种不确定因素。

龚望德等四十七名山达克冶炼厂的兄弟没有想到，按照以往规矩，他们春节前回国休假，春节后的三月份就要回到山达克复工，但2020年暴发的新冠疫情，却让他们在湖北整整等待了半年。

新冠疫情被世卫组织宣布为最高等级全球疫情，中国的疫情在2020年春节之后的两个月内得到阶段性控制。而此时，国外的疫情却出现井喷式暴发。受疫情影响，中巴两国往来航班被迫停飞。

人员无法返岗，冶炼厂迟迟不能复工复产，如果继续下去，公司资金链存在断裂的风险，这让公司班子成员们如坐针毡。他们密切关注着疫情变化，并不断修改国内员工的返岗复工方案。

迟迟得不到航班执飞的信息，让本已紧张的心更加焦虑不安，多种途径寻找可能到巴的方式。得知巴基斯坦航空公司有从中国武汉运送巴在华人员回巴的包机时，中冶资源开始了与巴航的接洽。凭借中冶资源公司与巴航多年建立的伙伴关系，巴航总裁马利克先生及其团队对中国人的深厚情谊，以及中冶公司人员来巴是为振兴巴国经济的国家荣耀，他们为中冶人员特事特办，从紧张的包机份额中给出我们需要的乘客数，在巴的一切需要手续都审批同意。但由于是中国人乘坐巴基斯坦侨民包机，需要中国有关部门审批，由于疫情管控严格、时间紧张，最后没赶上包机。

没有赶上巴航包机，他们只好继续寻找其他途径。为解决山达克的燃眉之急，组织包机返工方案进入公司班子视野。

疫情下包机返工，决心好下事难做。包机程序所涉中巴两国部门众多，环节复杂，除了中冶铜锌公司内部有序细致的工作之外，关键在于中国驻巴使领馆根据巴基斯坦疫情及巴基斯坦政府部门对来自中国飞机的态度给出的意见，还需要国务院联防联控工作组、外交部、国资委、民航局、集团公司、国航，以及巴基斯坦外交部、紧急行动指挥中心、航空管理部门、边防局、入境机场等部门的配合与支持。

从王继承提出包机返工的构想到最后实现，却只用了不到半个月的时间。这是一次高效而密切配合的无缝衔接，也是一次中巴两国政府和社会机构共同演绎的完美接力，充分彰显了中巴两国人民为推动两国经济发展所做的高效服务和不懈努力。

包机申请得到中国政府和中冶集团的积极回应。5月18日，中冶资源开发公司先后向驻巴大使馆和驻卡拉奇总领馆提交了《关于用包机方式安排我司冶炼人员尽快返岗的请示》。

提出包机申请后，中冶集团总经理张兆祥、中国中冶总裁张孟星、负责海外矿山企业的张晔副总裁亲自过问，积极支持。5月20日批示同意包机后，立即向五矿集团报告。5月22日，五矿集团、国资委支持公司包机复产。

在巴基斯坦，何绪平于5月25日晚与巴基斯坦国际航空公司总裁艾尔沙德·马利克先生电话联系，就人员返航、疫情防控等具体问题进行了交流探讨并取得一致意见。

为了协调巴方有关部门，巴航专门安排一名高级经理，就中方员工返巴后的卫生检疫、包机接待等问题，与巴外交部、卫生检疫局、民航局协商，全力配合公司包机。

与此同时，6月5日巴方检疫卫生局答复，认可中方员工在中国境内的核酸报告，免于在卡拉奇机场进行核酸检测。

2020年6月6日凌晨两点四十五分，中方六十五名技术骨干在成都双流国际机场起飞，当天抵达巴基斯坦卡拉奇机场。巴航、民航部门、海关设立专门通道，让中冶公司员工下机、通关、再登机。随后，巴航接力从卡拉奇再次通过包机转运到达尔坂丁机场，然后转乘大巴车回到山达克。

这次无缝衔接的国际大接力，中方员工从成都双流机场出发到山达克仅用了十四个小时，创造了山达克人员十八年来用时最短的一次旅途。

除了转运六十五名中方员工外，这次包机还从中国带来医用防护口罩、防护服、红外测温仪、血糖仪等一点七吨防疫物品，为山达克输送了极为宝贵的防疫"粮草"。为此，所有员工尽量精简随身携带的行李物品。

而在国内，为了确保每一个员工准时到达成都，时任中冶铜锌办公室主任宋国钊专门建立了微信工作群，为所有员工办理好出国手续，对所有出发人员进行了统一安排，精心制作了《员工赴巴返程须知》，就员工全程流调、核酸检测、携带行李、出关手续、个人防护等进行了细致入微的安排。

与此同时，为避免员工路途感染风险，宋国钊他们为每一位员工邮寄了健康包，包括防护服、眼罩、口罩、手套、温度计及消毒湿巾，所有人员出行前统一佩戴携带，暖心举措让员工与公司汇成一股团结的浩浩洪流。

出发前夕，中冶铜锌联系湖北黄石医院，为所有湖北籍员工做了核酸检测，外省员工在成都进行核酸检测并出具中英文版核酸检测报告。

6月6日凌晨，中方员工出发之时，中冶铜锌党委副书记晏国福一行赶赴成都双流机场为员工饯行。这是一次迎着疫情穿越国境的路程，在过程中大家的心紧紧地凝聚在一起。

所有员工安全抵达山达克后，总经理张志军、总经理助理王希龙带领两辆大巴车领着他们分别驶向单独隔离院落，经过有序消毒、更换口罩、阅读隔离须知后进入隔离房间，开始为期二十一天的隔离观察。

在集中隔离区，公司精心为每一间配备了十八种生活用品，蚊帐、水杯、热水壶、茶叶、清凉油等一应俱全，后勤部门一日三餐将饭菜送到隔离口。

总经理助理王希龙每天定期到隔离区查看。他安慰大伙说："大家对病毒不要恐慌，科学预防，我们合理布控，一切都会过去，请大家放心。"

与此同时，很多人对隔离区域敬而远之，王希龙始终冲在第一线亲自测温。他笑着对大家说："如果感染，我也是第一个。"

面对大量返岗复工人员，山达克医院刘思鸿院长坚决贯彻执行公司疫情防控政策，做到早发现、早隔离、早治疗的要求，落实公司针对新冠病毒特点而制定的二十一天隔离观察期、三次血清抗体和三次核酸检测的管理规定，每日带领医务人员到高风险隔离区检测排查，二十四小时追踪诊治身体不适的员工。

山达克的夏季热浪袭人，气温高达四十多摄氏度。刘思鸿他们身着防护装备，一干就是半天，汗水湿透了衣裳、模糊了双眼，全身湿透能拧出水来，一天工作下来疲惫不堪。

因为文化认同的差异，有个别巴方员工不愿意配合检测，刘思鸿动之以情、晓之以理，通过耐心说教，化解矛盾达成共识。自疫情暴发以来，返岗进入项目的中巴员工五十多批一万多人次，经过严密的检测、筛查、隔离和诊疗，无一人确诊。

经过二十一天的隔离观察之后，所有员工全都安全无虞。

山达克包机复工的故事，引起各家媒体的广泛关注，他们纷纷针对这次包机返工做了报道：

"中冶集团包机运送员工返巴，保障了山达克项目顺利推进，其稳步向前给巴经济社会发展带来诸多裨益。"6月17日巴基斯坦主流媒体《观察家报》发表评论员文章《中巴经济走廊稳步向前》。

《四川日报》6月6日当日在要闻版以《打"飞的"复工！成都始发复工国际客运包机，今天凌晨飞巴基斯坦》为题刊发新闻。

"学习强国"刊发了《国航复工包机飞赴卡拉奇助力"一带一路"建设》的实时报道。

6月13日，《经济日报》以长篇通讯的形式刊发《14小时返岗路：为巴基斯坦山达克项目逆风飞行的中国力量》，对这次逆行复产之路给予了高度肯定和赞誉。

山达克冶炼厂员工完成隔离观察并进行核酸检测后，于6月28日正式解除隔离。然而，距离冶炼厂完全复工还有许多工作要做。由于停工日久，设备状态不稳定，需要进行全面检修。在隔离期间，中方技术人员已经通过网络连线方式加急商议复工复产计划，制订安全防疫、设备检修、点火开炉、人员培训等各项方案。

隔离期满返岗后，大家更是加班加点抢工期赶进度，先后完成转炉大修、反射炉汽化水套安装等二十多台套设备的检修和试车任务。

从2019年10月到2020年7月，山达克项目冶炼厂已停摆近十个月。在完成中巴工作人员隔离观察、全面消杀以及设备检修等一系列准备工作后，冶炼厂于7月9日重新点火开炉，在经过七十二小时升温后，于7月13日顺利产出首炉粗铜。一场和疫情"抢跑"的战争，不仅仅是来自国内外诸多工作人员的努力，更是把山达克人永不言弃的"扎根"精神发挥得淋漓尽致，这其中更是折射"扎根"精神中所蕴含的放眼未来、不惧挑战的思维格局。

谈判推演

半个月之后的2020年7月31日，山达克迎来温度最高的季节，地表温度高达五十多摄氏度。骄阳似火的山达克晴空万里，干燥的风掠过荒漠，山达克东矿体一侧的临时观测点，人头攒动却又寂静无声，所有人都屏住呼吸，听现场指挥张志军喊出那激动人心的两个字："起爆！"

伴随着惊雷般的巨响震彻山谷，沸腾的烟尘裹挟着黑灰色的砾石，在东矿体腾起一阵烟尘，又随风飘散而去。

这是值得载入山达克历史的一天。这一天，开启了山达克未来十五年甚至更多年繁荣兴旺与气势恢宏的画卷。

在过去的十八年里，山达克的南、北两个矿体投产运营，支撑了山达克的飞速发展，成为巴基斯坦矿业的领军企业。而从这一天开始，日夜轰鸣的钻机电铲和矿坑里川流不息的矿车，唤醒了地底沉睡亿年的岁月青铜，为山达克这片现代文明的荒原叩响了时代的大门。

从巴基斯坦的山达克铜金矿，到阿富汗的艾娜克铜矿，中冶铜锌公司在巴伊阿三国交界处的金新月地区占有两个矿区。就像中国政府为了改善金三角的生活环境，用替代种植的方式有效减少了金三角地区的毒品输出，中冶铜锌公司在金新月地区的两个矿区，吸引了大批务工人员，客观上减少了金新月地区的毒品输出。当地人在山达克工作生活稳定，也不用把脑袋拴在腰带上靠打打杀杀讨生活，有效稳定了当地的治安环境。

东矿体开工建设后，第三租赁期到2022年年初就要结束。为了顺利拿下第四租赁期，何绪平和中冶铜锌公司董事长王继承进行了一场面对面的谈判推演。

部队作战之前经常进行沙盘推演。王继承与何绪平认为，只有掌握对方准确的谈判底牌和底线，在跟巴方谈判的时候，才能既展示大国风度，又守住利益底线。

在王继承的办公室里，何绪平开诚布公地说："我们在山达克已经开了三个矿体，投入这么大，山达克项目我们要继承历史、延续未来，肯定要续签，但是要多考虑续签存在的困难和阻碍。"

王继承是那种纵横捭阖大刀阔斧的性格。他说："中国企业的弊病之一是后人喜欢否定前人，我们要改变这种狭隘的认知格局。中国企业家应该以一种感恩历史的角度发展企业，过往山达克所有各种业绩和发展构想，都值得我们尊重历史的印记。我们要有站在国际视野上的大格局，站在'一带一路'和中巴经济走廊的角度考虑问题。经过这二十年的奋斗，我们跟巴方兄弟已结成人类命运共同体。我们要让中巴经济合作和两国友谊在山达克深深扎根，还要永远扎下去，这是我们最大的目标。当然，我们也不能丢国家的脸，不能因为我们走了、项目停了，把巴方兄弟扔在戈壁荒漠不管了。"

何绪平坦诚地说："我们面临的内部情况是，山达克的资源已经非常贫瘠，设备经过几十年运转也都老化了，需要大量新的资金投入。我们这些当年闯荡金新月的年轻人，经过几十年的风吹雨打，不是慢慢凋零就是老态龙钟，年轻人又不肯到山达克受这份苦。这两个问题也是亟待解决的。"

王继承鼓劲说："我们看待山达克要围绕几个主题。我们是中国企业走出去的排头兵，'一带一路'的拓荒者，人类命运共同体的践行者，这就是中国企业对世界的贡献。为了国家大局，我们必须在山达克扎根下去。我记得你说过，第三租赁期就是过渡期，咱们把它啃下来的目的就是希望在山达克打一场持久战，你也是这样鼓励大家坚持下来的。"

何绪平说："正因为有这样的认识，我们从2018年开始全面深度研究开发东矿体。搞清楚之后，我们不停地向巴方合作伙伴解释，让山达克继续运行下去的必要性和可操作性的实施方案，但是咱们的合作方要听巴基斯坦联邦政府的，最终决定权是巴基斯坦能源部。"

王继承问："无论顺境还是逆境，我们中国团队在山达克坚守了二十年，这二十年间的生产经营我们稳字当头，也体现了我们中国人仁和的智慧。我们营造了一个很好的外部发展环境，把中国的传统与巴基斯坦不同文化形态做了很好的融合。经过这二十年的打拼，我们在生产、经营、安全管理方面，在制度建设、文化融合、技术创新等方面都创造了很好的经验。这些仁义礼智信的具体事例，在山达克每一个阶段都有无私奉献的典型。巴方的朋友跟咱们合作这个项目二十多年了，难道他们会设置什么障碍吗？你说说看？"

何绪平说："你说得太对了，经过这么多年，他们也知道咱们的诚意，也知道开发东矿体的难度。但他们同时深知，山达克不可能有外人来干，咱们也不会离开，所以免不了提各种条件。"

王继承显然被何绪平调动了情绪,连忙问:"我们铜锌人要尊重过往的二十年,铭记历史,尊重巴方合作伙伴,让所有巴方朋友感受到我们的善意和能力。我们在巴基斯坦矿业领域深耕二十年,我们有一个清晰的规划,总的定位就是深耕巴基斯坦不动摇,做巴基斯坦有色金属行业的领跑者,做中巴经济走廊的主力军。在这个前提下,巴方朋友也会感受到我们的诚意,他们所提的要求也不会太过分。你具体说说,他们会提什么新的合作条件呢?"

何绪平掰着指头说:"据我估算,无非就是这四五项吧:一是要进一步增加利润分成比例,二是提高当地资源税,三是要求我们为当地的社会责任做贡献要进一步加大,四是提高租赁费用,五是希望我们帮助他们延伸工业产业。"

王继承一听,这都不是影响合作的核心问题。他问何绪平:"我们最根本的目标是让项目运行下去,只要能合作,条件可以谈。现在你把我当成巴方业主方的人,你何绪平还是你本人,如果是我作为巴方提出这五条要求,你怎么回答?我们先来推演一下?"

何绪平也被点燃了兴奋点:"首先第一个,我们都要面对现实;第二个,我们有共同的目标,就是希望项目继续运行下去。针对你提出来的条件和要求,在这两个目的和使命的前提下,友好协商。"

王继承说："我作为巴方代表，我也想继续运行山达克项目，但是你得给我加点税。"

何绪平说："我们中方也基于对未来的判断，更好让企业在这个地方深耕，可以做出一些让步。原来资源税是百分之五，我只能给你加一个点，多了我们负担不起。"

王继承说："我算算啊，如果按照最高每年一亿美元收入的话，就相当于多增加了一百万的税。我们认为这点太少，我必须增加两个点的税率。"

何绪平说："一个点的税已经不少了，按照人民币的话就是六七百万了。除此之外还有社会福利那块呢，我们每年在当地投资的学校、医院等基础设施，都是我们出资运营，这个费用也是上千万的费用啊。所以，你我各退一步，百分之一点五，这个可以吧？"

王继承说："行，税点的问题估计能够在这个节点上成交。接下来是公益支出，按说中国在教育、医疗这些方面，都是'金新月'方圆上千公里区域内做得最好的。我站在巴方的角度考虑，比如学校的投入费用，你们中方之前虽然投资了，但不受巴方监管，现在我希望你们直接把钱拍在这里，大家共同监管。账目公开后，也让巴方兄弟看到你们中国兄弟的诚意，这个数字大约多少？"

何绪平说："加上其他公益费用，大约人民币一千万吧。"

王继承转换了一下身份说："那咱们就从总体收入中拿出

一千万基金给当地政府，但是我们中方要求共同监管。这个钱一定要用在当地的教育上，够诚意了吧？还有第三条呢？你说。"

何绪平接着说："第三条是一笔固定的钱，占总利润的百分之五，就是我们为山达克当地的文化、教育、卫生提供服务，用于当地民生和社会事业，这个他们要求再提高一点，一年六七百万人民币。"

王继承说："这笔钱是人类命运共同体的具体体现，这个不用争，咱们可以出，还有呢？"

何绪平轻松地说："那最后主要的就是利润分成了，原来是我们和巴方对半分，现在他们要占更高的分成比例，他们要多分五个点。"

王继承说："山达克那个地方穷，巴方兄弟从利益方面争一些，我们得理解他们，我们从个人角度和国家角度都要和巴方做好朋友，但我们也得争我们的利益。再说，下一关到了巴基斯坦能源部，我们还得去做很多工作。"

何绪平连忙说："前期咱们这边先谈着，要是报到巴基斯坦能源部，肯定又要提各种条件，那时候就需要你出马跟他们谈了。我们中方已经做了巨大的让步，山达克是'一带一路'上中巴项目的旗舰，我们要全方位推动巴基斯坦经济发展。作为中央企业，我们有责任、有义务继续做，哪怕自己少得一点，也要让企业生产不停止，要胸怀国之大者。"

王继承对何绪平面授机宜说:"你在跟他们谈的时候,也要坦诚告诉他们,今后设备方面的投入和改造投入会非常巨大。中方有管理技术和科研支撑,愿意拿出最大的善意和诚意跟巴方合作,如果谈崩了,谁也不愿意接这个烫手山芋。"

何绪平说:"好,我回去就按照我们今天推演的方式,分段跟他们谈!"

王继承最后对何绪平说:"咱们现在都五十多岁了,在这个岗位上干不了多长时间,我们得给下一代人留出空间和时间。特别是贫瘠的东矿体,我们要长期规划,长期投入,长期发展,咱们再也不能一次五年那样短期续签。跟巴方朋友商议一下,这次续签干脆签十年到二十年,让巴方朋友吃个定心丸。这个项目永续发展下去,有利于巴基斯坦的长期工业规划,有利于中巴友谊的长期稳定,也给我们的下一代接棒人留出时间。"

王继承之所以与何绪平在谈判之前进行沙盘推演,是因为他需要通过国际化思维和巴方团队对接。之前他在巴布亚新几内亚工作时,短短两年之内化解了中方与澳大利亚公司存在十多年的矛盾,就是用的谈判推演这一招。

中冶集团之所以选调王继承担任中冶铜锌总经理,并接任邹建辉担任董事长,不仅仅在于他在徐州矿务局的精彩经历,更在于他在巴布亚新几内亚工作中,为中冶集团赢得中国工业大奖。

2018年12月9日上午，第五届中国工业大奖发布会在北京人民大会堂隆重召开。中冶瑞木镍钴管理有限公司与中国恩菲公司联合申报的"巴布亚新几内亚瑞木镍钴项目"，在全国诸多高端企业和科技项目中脱颖而出，荣获中国工业大奖表彰奖。

来中冶铜锌之前，王继承是中冶瑞木镍钴管理有限公司的法人代表，同时担任该项目的总经理。

中国工业大奖是经国务院批准设立的我国工业领域最高奖项，每两年评选一次，被誉为中国工业的"奥斯卡"。"中国工业大奖表彰奖"授予在创新驱动发展、坚持走新时期中国特色新型工业化道路、经济效益、节能减排、社会责任、生态文明等方面取得突出成绩，对行业、地区和企业发展起到示范、引领和带动作用的工业企业和项目。

除此之外，王继承还用他高超的谈判技巧，在巴布亚新几内亚创新了中外合作的商业模式，使中国企业获得项目百分之百的建设承包权、运营管理权和市场销售权。

从2020年开始，公司开启了中巴双方的第四次谈判，而这个合同的签订实际上是最为艰难的。之所以签约艰难，这其中有一个意外的背景，巴基斯坦有一个矿山和西方某公司签了合同，但是他们后来在合作中出现了腐败问题，因此抓了很多人。在这样的背景下，再跟中方谈合作就比较慎重，因为他们也怕被问责，所以他们做事情都特别慢，怕被说成出卖国家利益。

在谈判的两年过程中，中方提交的可研报告，仅审核就用了半年时间。这种情况下，谈判的时间就延长了。

谈判结束后，各方审批手续也特别繁琐，仅仅征求意见函件，就要征求俾路支省、财政部、工业生产部、联邦税务局等各方意见。各部门都要提出意见，最后再交给经济协调委员会，几个部门都同意后才能会签，最后需要总理主持审批才算一个流程结束。

2022年3月10日，在巴基斯坦能源部，双方签订了为期十五年的第四租赁期合同，这也是自2002年以来履约时间最长的一期。

青春有梦

文科专业的刘松涛是一名80后。这位来自山东省威海的山东大汉2004年毕业于北京科技大学外国语学院英语系，因为英语特长，2006年10月来到山达克担任翻译，并从一名普通文员一路升任中冶资源开发公司副总经理，成为山达克独当一面的"外交官"。

山达克生活环境枯燥单调、自然环境严酷、周边安全局势时而紧张，很多员工来这里之后都不愿意长久待下去，办公室工作人员更替非常频繁，经常出现人员空缺的情况，尤其是翻译人员极度缺乏。2006年10月刘松涛来到山达克后，不仅要担负起繁重的语言翻译、文字翻译等工作，同时还要负责对外联系、文秘、后勤、安保等大量工作。

来到山达克十几年，刘松涛仅仅回国陪伴年迈的老母亲过了一个春节。即使一年一次的回国休假，他也多次因为工作需要提前结束休假返回山达克。

山达克的安全工作由办公室负责。2010年刘松涛担任办公室常务副经理后，全面负责山达克的安全工作。这一年是周边安全局势最为严峻的一年，各类武装人员活动猖獗，频繁制造恐怖袭击。刘松涛为了及时接到有关安全预警信息并安排安保工作，每天如履薄冰，哪怕是在国内休假，他的手机都未曾关过。

刘松涛和历任驻守项目的边防军领导有个默契约定。虽然山达克安全形势紧张，但安防是中巴双方共同的责任，不能因为突发的安全预警影响员工的情绪，更不能给员工造成太大的心理压力。

因此，山达克多年来一直处于安全状态，但负责安保的刘松涛却时刻箭在弦上。

除了安全工作，刘松涛担任办公室经理后，还负责后勤服务、生活环境改造，组织开展各类文体活动工作，尤其在与巴方人员的沟通融合上，倾注了大量心血。

为了获取当地民众对项目的理解和支持，刘松涛经常深入项目周边的几个村庄，与各村的负责人建立了通畅的沟通渠道和良好的关系，主动了解巴方兄弟工作、生活中的各种困难，在能力许可的范围内尽量帮助他们解决。刘松涛认为，站在巴方立场上，就是心与心和他们连在一起，所有问题和困难都容易得到解决。

胸怀大局，胸有成竹，是中巴双方人员对刘松涛的一致评价。

作为山达克对外交流的具体执行者，刘松涛非常注重与巴方各级人员建立个人感情，积极与他们进行交流。他与派驻在山达克现场的边防军指挥官、海关官员等各方人员，不仅在工作上合作顺利，在生活中也成了无话不谈的朋友。

通过刘松涛的努力，自2006年以来，边防军与山达克项目紧密联系、配合融洽，认真履职，承担着山达克人员外出和进入的安全护送、物资押运、现场安保等工作，确保山达克顺利平安。

刘松涛从一名基层业务骨干，成长为复合型管理人才，为自己的青春，也为山达克增添了亮丽的色彩。

在山达克的冶炼厂，老一代湖北人成为冶炼厂的中流砥柱。从胡发先到谭军，再到冶炼厂经理龚望德，他们都来自湖北。而新一代中流砥柱的代表李斯，也来自湖北。

冶炼厂副经理李斯，这位与大秦丞相同名的80后，来自湖北孝感市大悟县，2011年从太原理工大学毕业后，被分配到山达克冶炼厂担任技术员。

第一代冶炼专家有经验无学历，与第一代冶炼专家不同的是，以李斯为代表的年轻冶炼专家，既有学历又有实战经验。

接替胡发先的谭军头脑灵活、经验丰富。作为冶炼工程师，他紧盯全球冶炼行业的新工艺、新技术，不断寻找新的研究成果与项目生产实际的结合点。

冶炼过程中，反射炉渣里含铜，是对经济效益影响最为显著的一项技术指标。把铜从炉渣中分离出来变成铜就是效益，分离不出来跟炉渣一起倒掉就是废物。

怎么能把炉渣里面的铜更多地分离出来呢？谭军率领刚刚毕业的大学生李斯等技术骨干全面开展技术攻关。他们通过加强放渣"宽、浅、平"作业，严格标准化操作和反射炉加料作业等措施，累计减少铜损失近四百吨，为公司挽回近三百二十万美元的损失。

2012年，山达克经过十年的连续生产后，冶炼用的反射炉达到寿命极限，亟待进行大修。反射炉是冶炼系统中的核心单台设备，直接关系到最终产品粗铜的产量和质量。

绝大多数人并不清楚，反射炉的整个炉膛，就是一个用耐火材料衬里的长方形熔炼室，也就是外表看着是钢炉，但炉子里边是耐火砖砌起来的，再好的耐火砖使用时间久了也会烧坏，就需要更换。反射炉大修这项重要工作的技术指导，自然而然地落到了谭军和李斯这些年轻人身上。为了确保大修质量，李斯协助谭军制定了安全管理、质量监控、物料管理、施工规范和施工方案等管理规定一百余项。为了节省成本，他带领员工承担了整个反射炉体和炉顶的拆除、清理工作，包括上千吨施工材料的搬运摆放。

反射炉内膛更换耐火砖，是个重体力活儿。炉子虽然大，但也开不进去工程机械拆卸耐火砖，谭军带领李斯他们只能用钢钎一块块地撬下来，再把沉重的耐火砖清理出去。这项工作就像翻修我们家里的卫生间，既要把原来的瓷砖拆下来，又不能把墙体拆坏了。要是不小心拆坏了，一旦漏电或者漏水，麻烦就大了。

反射炉也是这样，巨大的拆除量让每人每天都要更换三双手套，沉重的钢钎和耐火砖更是让他们的双手打满血疱。

在四个月的反射炉大修期间，李斯全程参与其中，一天都没有来得及休息。他之所以不敢休息，是因为他发现在大修过程中，反射炉内每个细节都需要拍照，这样留存下来的资料比原有的图纸更清晰。在整个大修期间，李斯拍摄了五六千张图片，记录了数十万字的各种数据材料。大修完成后，李斯又撰写了五万多字的大修报告提交给谭军，谭军又把报告提交给何绪平和张志军。

谭军对何绪平说："有了李斯提供的这几千张图片和五万字的大修报告，反射炉内的每个小细节都清清楚楚。这一茬年轻人受得了苦，又掌握技术，的确不可小觑。"

2016年，参加工作仅六年的李斯就担任了冶炼厂经理助理，成为山达克年轻一代的技术先锋。而在2021年疫情期间，作为冶炼厂现场负责生产的副经理，李斯独当一面现场指挥了转炉的检修工作，为后来的复工生产做好了充足的准备。

在山达克火焰一般燃烧的岁月中，李斯就像反射炉中的耐火砖，将自己的热血和忠诚镶嵌在火热的山达克。

2011年8月，已经有着十几年工作经验的肖春开，与比他小十几岁的李斯，乘坐一架飞机同时来到山达克工作。

来自江西吉安的肖春开，从南昌有色金属工业学校选矿工程专业毕业后，长期在江西德兴铜矿担任技术员。

与李斯不同的是，肖春开当初来山达克的理由很简单，赚钱养家。至于勤奋工作，对于从小在农村长大的肖春开来说，都是应当应分的，何况到山达克之后所从事的工作就是他擅长的选矿专业。

肖春开的特长在于，他是专业领域内的发明家。

来到山达克后，细心的肖春开发现，选矿厂有一台圆锥破碎机多年备而无用，他坚持对这台陌生的机器进行工艺立项。在他的攻关之下，不但开动了备用多年的机器，还降低了选矿成本。

除此之外，通过跟班摸索，肖春开针对碎矿的生产组织流程，制订规范化标准，使这一流程进入良性循环，机器每天运转的时间缩短近一小时。

山达克给了肖春开发挥技术的空间，他担任磨浮车间生产副主任后，除了完成原矿处理和各项经济指标外，还优化了多项工艺流程，规范了尾矿泵房的开停。仅此一项，每天可多回收两百五十吨回水，大大降低了选矿的能耗。

肖春开具有丰富的发现问题、分析问题、解决问题的能力，善于把复杂问题简单化，简单问题规范化。2018年，面对北矿体开发时期矿性的复杂性，身为选矿厂工艺科科长，他依据现场情况，摸索出一套磨矿与浮选各环节的工艺操作流程。

山达克中方人员较少，为了发挥巴方人员的主观能动性，肖春开团结巴方同事，在尾矿库堆坝和引水渠的开挖修筑过程中，利用平时与巴方人员感情较好，充分调动巴方员工的积极性，顺利完成了三公里的坝面堆筑和道路修筑工作，既培养了巴方员工的技术能力，也提前完成了上级交给的工作。

作为一线技术专家，肖春开挂在口头的一句话是："心怀感恩，珍惜当下。"

2002年苗锋从本溪重型汽车制造厂借调到山达克，负责矿用汽车及工程机械维修、维护及保养工作。苗锋是山达克重启时期的年轻技术专家。当时，所有的设备都尘封多年，当地的盐碱水具有很强的腐蚀性，所有车辆的冷却管路几乎损坏殆尽，很多车辆设备成了一堆废铁。

由于地处偏远的异国他乡，备件采购周期长，现场机械加工条件有限，要想重新恢复这些设备，难度相当大。为了不影响整个项目的投产工期，苗锋利用自己在车辆维修方面的经验及所学知识，设计绘制了冷却管路胎具图纸，在山达克生产出四十五台车辆冷却管路管件。

经过八个月夜以继日的抢修，苗锋他们提前一个月让三十二台大型矿车和十三台工程机械恢复了原有的功能，为顺利投产立下了汗马功劳。

山达克干旱炎热、少雨多风，每年四月到九月份都是炎热高温季节，气温最高可达五十多摄氏度。在这样的环境条件下，车辆的故障率明显偏高。为了不影响生产运输，苗锋和维修团队坚守在第一线，加班加点进行故障车辆的抢修。每次抢修过后，脸上的汗水与油泥黏在一起，加上紫外线照射造成黝黑的脸庞，很难分辨清他的五官。

山达克早期使用的六十八吨矿车，属于20世纪70年代的老产品，部分零部件已不适应现场高温、干旱、高强度运行的节奏，故障率偏高，造成维修成本增加。

苗锋研究分析故障问题与厂家的原设计有关。为此，苗锋与生产厂家多次沟通，最终厂家同意按照他的方案，为山达克专门修改了车辆设计，故障率顿时下降了百分之九十。

后来，使用多年的六十八吨矿车退出历史舞台，公司从国内购进三台九十一吨矿用汽车。为了迅速摸透该车型的秉性及习惯，苗锋参加了整车的安装、调试及试运行，认真钻研车辆结构及工作原理，熟悉每个零部件。半年之后，苗锋就掌握了整车的性能、工作原理及几百种零部件的图号名称。

九十一吨矿车弹性联轴器平均寿命只有七个月左右，而且这个联轴器是原装进口件，每件上万美元；而六十八吨的矿车也使用类似的联轴器，国产件只有两千美元左右。苗锋就萌生了用国产件代替进口件的想法。最终，他设计最佳改造方案并付诸实施，仅此一项每年可为山达克节约维修费用十二万美元。

在挖矿过程中，由于电铲装车后撒落在地上的石头，常常划破车辆轮胎，致使轮胎的消耗很大。同时，矿车发动机冷却胶管经常损坏，司机不及时发现，就会造成发动机严重缺水拉缸损坏。

这两大问题让维修成本居高不下。为了找到解决两个问题的方法，运修厂决定成立科研攻关小组，由苗锋负责具体组织实施。苗锋带领团队顶着炎炎烈日，冒着风沙到现场进行实地考察、论证，多次计算、反复测量，查找了大量理论性资料，最终确定设计方案，并把两个科研项目命名为：机电液一体化自动排石装置、发动机自动保护防拉缸装置。

通俗的说法是，机电液一体化自动排石装置，是利用机械装置将撒落的石头，自动甩到离车辆轮胎两米之外，从而实现对轮胎的保护。

发动机自动保护防拉缸装置，发动机只要一缺水就自动报警关闭，避免发动机温度过高而拉缸损坏。

这些枯燥的术语很难懂。通俗的说法是，这两项科研项目已经获得国家知识产权局颁发的实用新型专利，每年可为山达克节约维修费用一百万美元。

超越梦想

为实现集团公司成为具有全球竞争力的世界一流金属矿产企业集团的战略愿景，2019年以来，中冶铜锌从思维突破做起，从行为突破实施落实，进而形成业绩突破的"三个突破"导向，擘画发展蓝图、规划实践路径、作出战略部署，在巴发展路径越发清晰，高质量创新发展脚步越发坚定。

创新引领未来。为聚焦创新驱动、激发员工创新潜能，创新红利分配方案出台。

所谓创新红利分配，就是把以往对创新的奖励，改为给创新者以红利，让创新者获得巨大的经济收益。这项政策极大激发了员工的积极性，山达克在各种工艺上的创新获得重要突破。

公司之所以推行这样的创新奖励机制，是因为现在很多企业光提创新，却没有创新的体制和动力。由于东矿体是个贫矿，让这个项目创新，就必须有创新的政策和机制。为此，公司提出了三个突破：一是冲破思想禁锢，东矿体的产量由四百七十万吨提高到五百万吨；二是突破效益瓶颈，由原来的每年三四千万收入提高到一个亿，进入全球金属行业亿元俱乐部；三是突破奖励机制，形成创新新机制和政策新导向，进一步降低生产成本。

对于创新红利分配方案，很多人有不同意见："山达克一年利润也不过两三千万美元，拿出几百万来鼓励创新，是不是有些太高了？"

王继承一直在做说服工作。他说："我也知道降成本有几种，一种是减少浪费，这不叫降成本，这是本来不应该浪费的。还有一种叫真降成本，这是建立在工艺改革、工序优化和工具设备提档升级基础上的成本，这才叫降成本。"

以选矿工艺创新为例，东矿体精矿含铜品位开始只有百分之二十左右，经过技术创新提高了两个百分点。别小看这两个百分点，在成本没有进一步提高的情况下，全年下来就提高了几百万美元的效益。加上2019年开始国际铜价市场回暖，山达克迎来了更好的发展机会，东矿体的开发可以盈利了。

东矿体盈利之后，就是要改变山达克的思想观念，从原来的禁锢之中突破出来。在这之前，大家都认为中方在山达克是租赁经营，多数人都认为是给巴方打工。王继承却劝大家不能有这种思想，而是树立长期作战的思想，所以他才确定一次续签十五年的租约。

有过与巴布亚新几内亚与澳方谈判的经验，王继承在与巴方谈判时就更加游刃有余。经过前期充分调研，与班子成员交流探讨，当他与巴基斯坦有关部门谈判的时候，直接开出条件说："要么续签十五年，如还是续签五年我们就不干了。道理很简单，东矿体经济效益太差，要想增加山达克的抗风险能力，我们有几件事必须做。"

王继承所言不虚，他掰着指头跟巴方讲道理。首先是山达克的成本必须降低，最大的成本制约因素是电价，随着国际原油价格不断升高，山达克每年平均发电一亿四千四百万度，每年仅电费支出就需要一千九百万美元。而在山达克这种荒漠戈壁，光伏发电成本较低，也不受油价变动的制约。但光伏发电投资成本巨大，估算下来仅前期投资就需要一亿美元，如果山达克能够续约十五年，中方就可以投资上亿美元做光伏发电项目。如果巴方给中方五年，中方当然不敢上这个项目。

其次为扩大企业规模，公司着手在山达克周边展开地质勘探，如果只签订五年的合约，中方肯定不敢投资，只有长期合作才敢投资。

三是长期合作对中方员工的心态是一个巨大的调整。原来每次签约五年，大家都有一种短期思想，如果有了长期的战略规划，军心就稳定了。

现在的山达克，都是通过一道道围墙和铁丝网隔开生活区、办公区和作业区。在山达克的生活建设上，公司的设想是在荒漠戈壁上营造一个水在矿中流、人在林中行的格局。也就是拆除山达克各种围墙栅栏，在整个生活区和工业广场区建水渠，隔成一个又一个功能区。

让尾矿库里的水流经生活区，再循环到选矿厂进行选矿，然后再打到尾矿库。也就是在尾矿库、生活区、选矿厂三个地方循环，既节约用水，又能营造良好环境。

公司进一步着眼企业长远发展，将推行"增资源、扩规模、育人才、重效益"四项工作作为公司"2021–2025年发展规划"目标。

在扩展资源方面，前文中已经介绍过，从山达克到奎达中间有个达尔坂丁机场，而在山达克和达尔坂丁之间有个地方叫锡亚迪克，初步探明有一百万吨铜的储量，远远高于山达克的储量。

2021年下半年，公司先后与国内三个地质调查局签订战略合作协议。在地质调查过程中，西安地质调查局提供了锡亚迪克有可能成矿的判断。

勘探人员经过钻探之后找到了矿脉，为了取得准确数据，现在已经展开全面勘探，预计到2022年9月勘探完毕，2023年具备开发条件。

如果锡亚迪克最终能够启动开采，这个新资源将延续了山达克的寿命，使中冶铜锌深耕巴基斯坦，成为有色金属行业领跑者成为可能。

在扩规模方面，新建的选矿及配套工程年可增加处理275万t/a的生产能力，俗称"275扩规模项目"。建成后，将大大降低粗铜成本，延长矿山服务年限，预计2023年10月30日具备带负荷联动试车条件。

虽然还是那班人马，但大家尽一切办法齐头并进，把"一天也不耽误，一天也不懈怠"企业精神发挥到了极致，一分钟也耽误不起。

育人才方面，提出"进了铜锌门，就是铜锌人"的大人才观理念，注重德才兼备，英雄莫问出处，真正创造一个人尽其才的环境。俞宏军本来是江西德兴铜矿派遣到山达克的工作人员，由于成绩突出被任命为中冶资源副总经理。公司大力推行国内外工作岗位交流机制，为人才培养锻炼、稳定队伍起到了至关重要的作用。

中冶铜锌的主要业务在海外，但大家都想待在北京，前方条件艰苦，因此离职率高，怎么也让海外工作人员感到有希望，怎么进行人才破局呢？公司提出，凡是有海外工作履历的同志在提拔时优先考虑，因此，在总部工作的同志都主动提出要到前方去。

与此同时，创新管理方法，推行"内部市场化"体系建设。所谓内部市场化，就是提高每个生产环节的成本控制意识，把每个生产环节和生产单元独立成一个经济空间，建立一个上下游的结算链，让每个员工每个管理人员知道自己该干什么。以山达克采选冶三个环节为例，比如一吨矿石核定费用为一元钱，采矿厂每天挖一万吨，在符合标准的情况下就能赚到一万元，这个费用包含运输的油费、车辆修理费用、人员工资支出等。如果采矿厂这一天花掉了八千元，就有两千元的盈利。如果费用超过一万元，那就要赔本。在实施这项举措之前，所有单元环节的成本，都是经过精密计算过的。通过内部市场化，让每个单元降成本，培养成内生动力。

内部市场化，让各个生产环节在降成本上成为内生动力，而由此带来的是产品质量的互相监督。因为下游是上游的客户，选矿厂要买采矿场的矿石，冶炼厂要买选矿厂的精铜，内部形成了上下游的买卖关系，当然都要注重质量。

为深耕巴基斯坦不动摇，大手笔续写在巴下一个二十年历史，2022年5月，《中冶铜锌在巴工作方案》应运而生。

一是产能倍增。希望三五年内在巴基斯坦铜产量扩展到五万到六万吨，力争达到十万吨的生产规模，争做巴基斯坦"一带一路"新格局下的主力军。制定这样的产能倍增计划的有效抓手，构建以诚信为基础的"大安全"体系，"市场化"为核心的内部市场化机制，"质量保障"为目标的采购供应体系，是在现有山达克基础上进行挖潜，同时立足山达克到周边矿藏扩能。

二是增资源及产业布局。资源为我所有的当仁不让，不能为我所有的可以为我所用。为了发展需要获得资源，手里有粮心里不慌。与巴基斯坦各方展开合作，现有资源利用、外部资源获取上积极作为，不单纯局限于铜，包括铅、锌、铁等所有的有色金属。推动巴基斯坦俾路支省设立有色金属工业园。

三是产业延伸。在巴基斯坦推进有色工业园建设，争取把有色工业园纳入"一带一路"建设项目中。在工业园中对粗铜就地加工，在加工中提高粗铜的效益，同时进行产业延伸。

四是人才培育。资源和人才是一个矿业企业必须抓住的两个基本要素。为了今后十几年的发展，建立量才选用、人尽其才的管理机制，积极储备人才，利用山达克这个"孵化器"，重点打造"经营管理人员、专业技术人员、技能操作人员"高精尖端人才队伍。同时出台优惠政策，建立中方管理、技术人才和核心岗位技能人员的培训机制，进一步深化"师徒带"机制，培养巴基斯坦当地人才，为下一步的拓展储备足够的力量。

五是环境改造。营造一个一流的生产环境和生活环境，坚持标准化、舒适化。吸引人才，要创造一个留人的环境。从生活环境的角度，统一规划构筑山达克矿区水系，真正建立一个山达克绿洲。

2022年5月1日上午8时，在五一国际劳动节当日，中冶资源冶炼厂反射炉点火开炉仪式在山达克项目现场隆重举行。

在巴方兄弟双手伸向胸前、口念祷词之后，中冶资源开发公司董事长何绪平、总经理张志军，巴方副总经理阿里，冶炼厂经理龚望德，四个人同持火把走向反射炉的喷油嘴，火势瞬间蔓延开来。

烈火在炉膛内熊熊燃烧，一片火光映红了山达克的天空。

山达克人肩负国家责任，深耕巴基斯坦二十年，而且还要继续坚持下去，把一切都献给了国际友谊，就像中国人心目中的白求恩。

任何时代都有那个时代的英雄，谁是这个时代的英雄？为国家和民族作出贡献并成为他所在行业的佼佼者，就是时代英雄。如果他能够跨国家、跨种族，惠及全人类，那他就是国际英雄。

英雄在成为英雄之前，都是平凡而又默默无闻的。

无论是矿石还是普通石头，它们都是有生命的。它们要经历数千度的高温才会变成融浆，再经过数万年风吹雨打或者深埋地下，才会有机会被挖掘出来。

如果它们有幸成为一块矿石，还会被炸裂、开采、砸碎、磨成粉末，经历千淘万漉的辛苦，最后吹尽黄沙始见金。而绝大多数石头经历过这些苦难，依然不能成为有用的金属，而只能作为普通的泥沙，甚至成为尾矿变成废物。

从这个意义上说，我们每个人的奉献都是有价值的，遇到一点小挫折小困难，又算得了什么呢？

作为有生命的石头，我们风化成泥沙，我们的存在和奉献还有意义吗？当然有，我们粉身碎骨变成泥沙，也会成为广袤无垠的大地山川，托举着万物生灵繁衍生息。

时间没有停下它前行的脚步。二十年来中巴两国人民扎根边陲，并肩奋斗、友好合作，让山达克项目具有了广泛国际意义。

作为首个巴国集采选冶为一体的现代化企业，在全面推动巴基斯坦有色金属行业进步的同时，还着重打造了一支有色资源开发经验丰富的中巴方技术力量团队，成为巴基斯坦有色工业的奠基者和工业人才培养、输出的人才摇篮。

作为巴创造外汇前五十强企业，山达克推动了巴民族工业发展，促进了当地贸易、物流等行业发展；同时二十年来先后投入两千多万美元用于资助教育、医疗服务、用水用电、灾害救助等社会公益活动，有力支持了当地科教卫事业发展，为繁荣稳定边疆作出贡献。

作为这么一群坚守在海外的山达克人，他们用青春时光在企业发展的岁月长河中字斟句酌地诠释着山达克人永不言弃的"扎根"精神，"忠诚友善，有爱有责；团结奋斗，风雨同舟；坚忍不拔，敢于担当；放眼未来，不惧挑战"，这些掷地有声的字句铭刻在企业传承的脉络之中，成为一种永不消散的印记和企业向前发展生生不息的动力。

公司以运营项目为契机传播和发展中巴友谊，使山达克项目成为中巴友谊的象征。山达克项目的发展结束了巴基斯坦储铜不产铜的历史，提升了巴基斯坦民族有色工业的实力和形象，促进了西部的经济发展和市场繁荣，是两国经贸合作的硕果；在长期的交往中，中巴员工团结互助，文明互鉴，有力地见证了两国深厚的传统友谊；山达克项目从建设经营的各个时期，始终得到中巴两国政府和高层领导的重视和支持，也得到了中巴两国各级政府部门的关心和帮助。双方在长达二十年的过程中不断增进了解和提高配合默契度，使项目的成功经营承载两国上下的不懈努力，项目本身具有深远的政治意义，成为牢结中巴两国人民深厚友谊的桥梁和纽带。新时期，山达克项目作为中国央企"走出去"的成功案例之一，更担负起"中巴经济走廊"和"一带一路"愿景的新使命。

公司在巴发展的二十年，也是党和国家加快改革发展脚步、积极推动全球化进程的二十年。坚决扛起央企人的责任担当，从"走出去"战略，到"中巴经济走廊"建设，从"一带一路"倡议到"经济走廊建设升级版"，步步紧跟、一招不落贯彻落实国家战略部署和上级党委指示要求，作为首个巴国集采选冶为一体的现代化企业，在全面推动巴基斯坦有色金属行业进步的同时，还着重打造了一支有色资源开发经验丰富的中巴方技术力量团队，成为巴基斯坦有色工业的奠基者和工业人才培养、输出的人才摇篮。

十载峥嵘岁月，二十载奋进历程，从开启巴基斯坦有色工业新纪元到跨入稳步发展的新时期，从南矿体启动的初心到北矿体开发的决断，直至迈入眺望东矿体的这个历史的新节点，一代又一代中冶人在巴基斯坦山达克这片热土上拓荒、耕耘、坚守、收获，在一次次不懈拼搏中收获前行的力量，在一次次超越梦想中奏响时代的强音。

平凡铸就伟大，梦想铸就辉煌。在未来的发展中，中冶铜锌将进一步坚持和加强党的领导，服务国家战略，深耕巴基斯坦不动摇，通过五年到十年的努力，实现在巴铜金属产量突破六万吨、力争达到十万吨的生产规模，建成具有一定影响力的有色工业园区，促进有色产业链发展，全面提升有色矿业人才和实现中巴人力资源的最佳匹配，争做巴基斯坦"一带一路"新格局下的主力军，为助力中国五矿建设"具有全球竞争力的世界一流金属矿产企业集团"而努力奋斗。

图书在版编目（CIP）数据

兄弟中国 / 丁一鹤著 . —北京：作家出版社，2022.11
ISBN 978-7-5212-2091-9

Ⅰ.①兄…　Ⅱ.①丁…　Ⅲ.①报告文学－中国－当代
Ⅳ.① I25

中国版本图书馆 CIP 数据核字（2022）第 203023 号

兄弟中国

作　　者：丁一鹤
责任编辑：张　平
装帧设计：意匠文化·丁奔亮
出版发行：作家出版社有限公司
社　　址：北京农展馆南里 10 号　　邮　　编：100125
电话传真：86-10-65067186（发行中心及邮购部）
　　　　　86-10-65004079（总编室）
E-mail:zuojia @ zuojia.net.cn
http://www.zuojiachubanshe.com
印　　刷：北京盛通印刷股份有限公司
成品尺寸：142×210
字　　数：190 千
印　　张：9.75
版　　次：2022 年 11 月第 1 版
印　　次：2022 年 11 月第 1 次印刷
ISBN　978-7-5212-2091-9
定　　价：79.00 元